KB075280

조선남자
朝鮮男子
-천능의 주인-

조선남자 14권

초판1쇄 펴냄 | 2020년 11월 17일

지은이 | K.석우
발행인 | 성열관

펴낸곳 | 어울림 출판사
출판등록 / 2009년 1월 23일 제 2015-000062호
주소 / 경기도 고양시 일산동구 무궁화로 43-55, 801호 (장항동, 성우사카르타워)
TEL / 031-919-0122
FAX / 031-919-0127
E-mail / 5ullim@hanmail.net

ⓒ2020 K.석우
값 8,000원

ISBN 978-89-992-6921-9 (04810)
ISBN 978-89-992-6190-9 (SET)

OULIM MODERN FANTASY

14

K. 석우 현대판타지 장편소설

조선남자
朝鮮男子
-천능의 주인-

어울림

조선남자
朝鮮男子
-천능의 주인-

목차

필독

본문에 등장하는 의학용어는 가급적 현재 의학용어에 맞게
사용할 예정입니다.

다만 의료상황이나 응급상황을 묘사함은 현실의 의료상
황이나 응급상황과는 다른 작가의 작품구성 상 필요에 의해
창작되었음을 알려드립니다.

또한 본문에서 언급하는 지역과 인간관계, 범죄행위, 법과
현 시대의 묘사는 현실과 관계없는 허구임을 밝힙니다.

조선남자

朝鮮男子

-천능의 주인-

흔적

"쯔쯔 이렇게 예쁘고 젊은 시신은 처음인 것 같군. 너무 아까워."

시신 검안의 유한철이 영안실의 트레일러 위에 놓인 20대 젊은 여자의 시신을 바라보았다.

눈을 꼭 감고 있는 젊은 여자는 마치 잠을 자는 것처럼 평온한 표정이었다.

가슴에 박혀 있던 칼은 이미 경찰에서 증거품으로 가져갔기에 칼이 박힌 섬뜩한 광경은 볼 수가 없었다.

다만 여자가 입고 있는 옷의 앞섶에 칼이 박혔다는 것을 증명하듯 붉은 선혈이 남아 있었다.

심장에 칼이 박힌 여자는 현장에서 즉사할 수밖에 없었을 것이다.

"부검도 필요 없을 것 같네."

검안의 유한철이 한숨을 쉬듯 낮게 중얼거렸다.

영안실의 차가운 트레일러 위의 젊은 여자 시신은 다인캐슬 아파트 입구에서 칼에 찔려 사망한 한유진이었다.

이미 현장에서 사망판정이 내려질 만큼 한유진의 가슴을 관통한 칼은 치명적인 위치였다.

정확하게 심장이 찔렸기에 신이라고 해도 살려내는 것은 힘들 것으로 보였다.

검안의 유한철이 눈을 감고 누워 있는 한유진의 얼굴을 물끄러미 내려다보았다.

"어쩌다 이런 불행한 일을 당했는지 모르지만 부디 좋은 곳으로 가시길 바라요 아가씨."

유한철은 이렇게 잠을 자듯 누워 있는 한유진이 너무나 안타까웠다.

어떤 악질적인 인간이 이렇게 젊고 아름다운 아가씨에게 몹쓸 짓을 한 것인지 화가 날 정도였다.

병원에 도착한 두 구의 시신을 검안한 유한철이 한숨을 불어내며 이내 트레일러의 반대편으로 돌아갔다.

한유진의 하반신을 가리고 있던 하얀색의 가운을 잡고 가볍게 당기자 한유진의 모습이 완전히 가운에 가려졌다.

영안실의 천정에 있는 전등의 불빛이 가운 위로 떨어지며 한유진의 시신을 마치 어루만지듯 창백하게 비쳤다.

시신위로 가운을 덮은 유한철이 이내 트레일러의 손잡이를 잡고 밀었다.

드르륵—

트레일러가 부드럽게 밀리며 영안실의 캐비닛 안으로 밀려들어갔다.

영하의 온도가 유지되는 캐비닛은 사망자가 마지막으로 들르는 안식처였다.

두 구의 시신을 모두 검안한 유한철이 한쪽에 차트와 함께 놓인 사망판정서에 서명을 하고 몸을 돌렸다.

"쯧 뉴스에 나오네."

경신종합병원의 영안실에서 근무하는 병원직원 김군호가 안쓰러운 표정으로 텔레비전을 바라보고 있었다.

텔레비전의 화면에 반포의 다인캐슬 아파트의 모습과 함께 자막으로 조금 전 검안의의 사망판정을 받은 두 시신의 사망소식을 속보로 방영하고 있었다.

[오늘 오후 밤 8시 30분경 반포의 ㅇㅇ아파트에서 괴한의 습격으로 50대 경비원과 20대 여대생이 현장에서 사망. 경찰 주변 CCTV 확보, 범인 추적중.]

몇 글자 되지도 않은 간단한 자막이었지만 김군호의 눈에는 무척 슬픈 소식처럼 들렸다.

오늘 하루만 해도 4구의 시신이 안치되었지만 가장 놀라운 것은 오후에 안치된 젊은 여자의 시신과 아파트 경비원의 시신이었다.

50대 후반의 경비원은 머리에 강한 충격을 받아 사망했다.

같이 안치된 젊은 여자는 부검을 할 필요도 없을 정도로 심장에 날카로운 칼이 박혀 사망해서 병원에 도착했다.

2구의 시신이 같은 장소에서 발견되었다는 소식을 들었던 김군호는 오후 종합뉴스에서 병원에 도착한 두 구의 시신에 관한 뉴스가 나올 것이라고 예상하고 있었다.

그리고 지금 그들에 관한 소식이 방송되자 절로 안타까운 마음이 생긴 것이다.

신고를 받고 달려간 사건현장에서 경찰 쪽에서 먼저 사망판정을 내렸고 조금 전 이곳 병원에서 검안의가 2차 사망판정을 내렸다.

김군호가 머리를 돌려 한쪽에서 스마트 폰으로 게임을 하고 있는 같은 동료직원 조민식을 바라보았다.

김군호보다 6살 어린 30대 중반의 조민식은 틈만 나면 스마트폰을 손에서 놓지 않는 게임광이었다.

김군호의 이마가 찌푸려졌다.

"야, 민식아. 넌 그게 재미있니?"

게임을 하던 조민식이 힐끗 머리를 들어 김군호를 바라보았다.

"아, 왜 또 시비에요?"

조민식이 손에 들린 스마트폰으로 다시 시선을 돌리며 중얼거렸다.

김군호가 혀를 찼다.

"쯧. 하긴 이런 따분한 곳에서 근무하려면 지겹기도 하겠지."

자신 역시 따분한 근무시간을 채우기 위해 텔레비전에서 방영하는 바둑채널을 보는 편이었다.

김군호가 다시 조민식을 바라보았다.

"아까 들어온 젊은 여자시신 말이야. 한유진씨, 너무 예쁘지 않더냐? 우리 영안실에 안치된 역대 시신 중에서 제일 예쁜 것 같더라."

김군호의 말에 조민식이 스마트폰에서 시선을 떼지 않고 입을 열었다.

"그럼 뭐해요? 이미 죽어버렸는데… 그 정도 같으면 남자들에게 상당히 인기가 많았을 것 같던데 아무래도 내 생각에는 그 한유진이라는 아가씨는 복잡한 남자관계로 사망한 것 같아요. 아니면 못된 스토커가 해코지를 한 것인지도 모르고. 내 말이 틀림없을 거예요. 나중에 범인이 잡히면 그렇게 발표할 겁니다. 5만원 걸어도 좋아요."

조민식의 말에 김군호가 피식 웃었다.

"홋, 넌 그러니까 그 나이 먹도록 애인 하나 없는 거야 이 녀석아. 예쁘면 다 남자관계가 복잡할 것 같으냐?"

조민식이 게임에서 시선을 떼지 않고 대답했다.

"언젠가는 생기겠지요. 그리고 그렇게 예쁜 여자가 설마 남자 한 명 없겠어요? 내가 아는 예쁜 여자들은 다 애인이 있고 숨겨둔 또 다른 애인도 있고 그리고 그들 몰래 클럽 도 가고 그랬어요. 그러니 나 같은 평범한 총각들이 늘 솔 로로 사는 거라고요."

김군호가 빙긋 웃었다.

"나 같으면 병원에 틀어박혀 그런 게임만 하기보다 사람 들과 좀 만나면서 어울리고 등산이나 운동도 좀 하고 그러 겠다."

조민식이 대답했다.

"그건 형님과 같은 유부남들이나 그런 거고요 내 또래 친 구들은 다 이런 게임같은 거 좋아한다고요."

"끙, 그래 너 알아서 해라."

김군호가 졌다는 듯이 머리를 흔들었다.

이내 다시 김군호의 시선이 텔레비전의 화면으로 옮겨갔 다.

영안실에 새롭게 안치된 두 구의 시신에 관한 뉴스는 이

16

미 끝났고 지금은 남쪽에 올해 마지막으로 보이는 태풍이 만들어졌다는 뉴스가 흘러나오고 있었다.

그때였다.

벌컥—

영안실의 문이 거칠게 열렸다.

막 텔레비전을 보고 있던 김군호가 놀란 얼굴로 머리를 돌렸다.

스마트폰으로 게임을 하고 있던 조민식까지 놀란 얼굴로 엉거주춤 자리에서 일어섰다.

조민식이 눈을 껌벅거리며 영안실의 문을 열고 들어서는 사람들을 바라보았다.

영안실 담당 직원인 김군호의 눈에 들어온 것은 하얗게 질린 얼굴의 30대 초반으로 보이는 남자였다.

남자의 뒤로 20대 후반으로 보이는 여자와 여고생 그리고 중학생으로 보이는 어린 남학생이 들어섰다.

둘째 딸 한유진의 사망소식을 듣고 한달음에 달려온 한종섭과 부인 이은숙 그리고 한유진의 여동생인 한지은과 막내 한강호였다.

간혹 예상치 못한 가족의 사망소식을 들은 유족들이 영안실에 안치된 시신을 보기 위해 이렇게 들이닥치는 경우가 있었기에 김군호는 지금도 그런 경우라고 생각했다.

"어, 어떻게 오셨습니까?"

김군호가 눈을 깜박이며 한종섭을 보며 물었다.

한종섭이 창백한 얼굴로 입을 열었다.

"여, 여기에 내 딸이 안치되었다고 해서 왔습니다."

한종섭의 말에 김군호가 이마를 찌푸렸다.

영안실에 안치된 시신은 모두 6구였지만 한종섭의 딸로 짐작될 시신은 없었다.

김군호의 눈에 비친 한종섭은 많아봐야 기껏 30대 중반의 남자였기에 그런 한종섭의 딸이라면 이제 겨우 서너 살 정도의 어린아이라고 생각했기 때문이다.

김군호가 대답했다.

"여기에 아기 시신은 없습니다. 혹시 잘못 아시고 온 것이 아닙니까?"

그때 한종섭의 뒤에 서 있던 이은숙이 급하게 물었다.

"여기 한유진이라는 여대생이 안치되지 않았나요?"

이은숙의 얼굴은 눈물인지 땀인지 모를 정도로 흠뻑 젖어 있었다.

김군호가 눈을 껌벅였다.

"혹시 고인이신 한유진이라는 아가씨와는 가족이신가요? 시신은 직계가족 외에는 볼 수가 없습니다."

이은숙이 울음 섞인 목소리로 대답했다.

"내가 그 아이의 엄마예요."

한종섭이 끼어들었다.

"난 아버지 되는 사람입니다."

이은숙과 한종섭의 말에 김군호와 조민식이 멍한 표정을 지었다.

조민식이 더듬거렸다.

"그, 그러니까 지금 두 분께서 한유진씨의 부모님이시라고 말씀하셨나요?"

조민식으로서는 이해가 되지 않는 상황이었다.

끄덕―

"그래요. 내가 유진이 엄마예요. 그 아이 지금 어디에 있나요?"

이은숙의 말에 김군호가 어리둥절한 얼굴로 이은숙의 얼굴을 바라보았다.

영안실에 안치된 한유진과 비슷한 나이로 보이는 젊은 여자가 죽은 한유진이라는 아가씨의 모친이라는 것이 믿어지지 않았다.

듣고 있던 조민식이 살짝 눈썹을 찌푸렸다.

"지금 장난하십니까? 두 분의 나이가 몇 살 되지도 않은 것 같은데 사망한 한유진씨가 두 분의 딸이라고요? 고인을 두고 이런 장난을 하는 것은 범법행위입니다. 경찰 부르기 전에 돌아가세요."

조민식은 절대로 한종섭과 이은숙이 한유진의 부모라는 사실을 믿을 수가 없었다.

그때였다.

한지은이 눈물이 가득한 얼굴로 입을 열었다.

"우리 엄마와 아빠 맞아요. 그리고 한유진은 진짜로 우리 엄마와 아빠 딸이란 말이에요. 그러니 언니를 보여줘요."

한지은의 말에 김군호가 눈을 번쩍 치켜떴다.

"저, 정말이냐?"

김군호는 같이 온 여고생이 한종섭과 이은숙을 아빠와 엄마라고 호칭하자 입이 벌어졌다.

한종섭과 이은숙의 나이대로는 절대로 있을 수 없는 황당한 일이 벌어지고 있었다.

김군호의 상식으로는 한종섭과 이은숙에게 자식이 있다면 갓난아이거나 아니면 많아야 젖먹이를 갓 면한 어린아이가 있는 것이 정상이었다.

한강호까지 끼어들었다.

"우리 아빠와 엄마 맞아요. 그리고 한유진은 둘째누나고요. 그러니 당장에 누나를 만나게 해줘요."

한강호의 목소리까지 살짝 젖어 있는 느낌이었다.

김군호와 조민식이 서로 시선을 마주쳤다.

영안실에 안치된 시신을 볼 수 있는 것은 시신의 직계가족이거나 아니면 범죄와 연루되었을 경우 경찰만이 가능했다.

김군호가 멍한 얼굴로 잠시 한종섭을 바라보다 더듬거리며 입을 열었다.

"그, 그럼 신분증 좀 볼 수 있을까요? 영안실 절차상 시신을 보여드리기 전에 고인과 직계가족인지 신분을 확인해야 합니다."

  김군호의 말에 한종섭이 허겁지겁 품을 뒤져 지갑을 꺼내었다.

  이은숙도 자신의 신분증을 찾다가 집에서 나올 때 아무것도 들고 나오지 않았다는 것을 알았다.

  한종섭은 회사에서 달려와서 다행히 지갑을 가져왔기에 신분증을 내밀었다.

  한지은과 한강호도 품에 아무것도 가진 것이 없었기에 신분을 증명할 만한 것은 없었다.

  김군호가 한종섭이 내미는 신분증을 받았다.

  순간 김군호의 눈이 동그랗게 변했다.

[한종섭 650414—1108xxx]

  순간 입이 벌어진 김군호가 창백한 얼굴로 서 있는 한종섭의 얼굴을 다시 바라보았다.

  신분증의 사진 속 얼굴이 그대로 눈앞에 서 있었다.

"세상에……."

김군호가 중얼거리자 옆에 서 있던 조민식이 재빨리 김
군호의 손에서 신분증을 낚아챘다.

 조민식의 얼굴도 굳어지고 있었다.

 "이, 이걸 누가 믿어?"

 눈앞에 서 있는 한종섭은 아무리 넉넉하게 보아도 30대
중반쯤의 젊은 남자의 얼굴이었다.

 그런 한종섭이 50대 중반의 중년인이라는 것이 믿어지
지 않았다.

 김군호가 조민식의 손에서 신분증을 뺏어 다시 한종섭에
게 돌려주었다.

 "그럼 같이 오신 뒤에 분들도 모두 같은 가족이십니까?"

 한종섭이 머리를 끄덕였다.

 "아내와 아이들입니다. 죽은 유진이는 내 둘째 딸이고
요."

 "세상에⋯⋯."

 김군호가 머리를 절레절레 흔들었다.

 겉모습만 보면 절대로 고인인 한유진의 부모라고 볼 수
가 없을 정도로 너무나 젊은 모습이었다.

 하지만 신분증은 한유진의 부모가 틀림없다는 것을 증명
하고 있었다.

 김군호가 조민식을 바라보았다.

 "뭐해? 진짜 한유진씨의 가족이야. 방문록 작성하고 안

내해 드려."

조민식이 더듬거렸다.

"아, 알았습니다. 세상에 진짜로 한유진씨의 부모님이라 니 이걸 누가 믿어?"

조민식은 머리를 절레절레 흔들며 영안실에 안치된 한유 진의 나이도 자신이 잘못 보고 착각한 것이 아닌지 의심스 런 생각이 들었다.

한유진의 나이는 22살로 기록되어 있었지만 실제로는 그보다 더 많을 수도 있다는 의심이 생긴 것이다.

이내 한종섭과 이은숙이 방문록을 적었고 뒤이어 한지은 과 한강호까지 방문록에 이름과 관계를 모두 적었다.

방문록에 작성된 이은숙의 주민번호로 그녀의 실제 나이 를 알게 된 김군호와 조민식이 놀란 얼굴로 다시 한번 바 라보았다.

죽은 한유진과 비슷한 또래로 보였던 이은숙의 실제 나 이가 올해 50살이었다는 것을 알게 된 김군호와 조민식의 입이 벌어졌다.

부창부수라는 말 그대로 엄청난 동안인 남편에 너무나 잘 어울리는 이은숙이었다.

한종섭의 가족들이 모두 방문록을 작성하자 조민식이 그 들과 동행해서 영안실로 들어섰다.

영안실은 죽은 고인을 배려한 것인지 한쪽에 배치된 향

로에서 진한 향기를 풍기는 향이 타고 있었다.

조민식이 향로 옆에 놓인 하얀 장갑을 손에 끼고 일자형으로 배치된 캐비닛이 있는 곳으로 걸음을 옮겼다.

이내 한유진이라는 이름표가 걸려 있는 캐비닛의 손잡이를 당기자 하얀 천으로 덮인 트레일러가 부드럽게 빠져 나왔다.

순간 영안실로 들어왔던 이은숙이 그 자리에서 털썩 주저앉았다.

"아이고 내 딸⋯⋯."

이은숙은 하얀 천으로 덮인 한유진의 시신이 안치된 트레일러만 보았는데도 다리에 힘이 빠져버린 것이다.

한종섭이 창백한 얼굴로 이를 악물고 차가운 캐비닛에서 빠져나오는 둘째딸 한유진의 시신을 바라보고 있었다.

조민식이 트레일러를 완전히 빼내어 한종섭의 앞에 놓았다.

한유진의 시신을 가리고 있는 하얀 천이 너무나 깨끗해서 한종섭은 눈물도 나오지 않았다.

조민식이 천천히 한유진의 얼굴을 가리고 있던 천을 벗겨냈다.

천을 한유진의 배 위쪽까지만 벗겨내고 조민식이 살짝 머리를 숙이고 뒤로 물러섰다.

차가운 트레일러 위에 누워 있는 한유진의 얼굴이 마침

내 보이자 그때까지 참고 있었던 한종섭의 눈에서 굵은 눈물이 맺히기 시작했다.

바닥에 주저앉아 울고 있던 이은숙이 셋째딸 한지은과 막내 한강호의 부축을 받고 힘겹게 몸을 일으켰다.

몸을 일으킨 이은숙의 눈에 잠을 자듯 평온한 표정으로 차가운 트레일러 위에 누워 있는 둘째딸이 들어왔다.

"아아 유진아."

이은숙이 쉰 목소리로 한유진에게 다가섰다.

몇 시간 전만 해도 자신과 함께 데이트를 하며 쉴 새 없이 종알대던 한유진이었다.

그런 한유진이 지금 자신의 눈앞에서 차가운 시신으로 누워 있다는 것이 믿어지지 않았다.

이은숙이 눈물을 흘리며 둘째딸 한유진을 손으로 쓸었다.

차가운 캐비넷 속에 안치되어 있던 한유진의 몸은 얼음처럼 차갑고 등이 오싹할 정도로 서늘했다.

"얼마나 아팠을까?"

이은숙이 눈물을 흘리며 둘째딸 한유진의 얼굴과 머리칼을 계속 쓰다듬었다.

한종섭이 견디지 못하고 등을 돌렸다.

눈물이 차올라 차마 죽은 딸과 아내를 볼 수가 없었기 때문이다.

한지은이 울면서 한유진의 손을 잡았다.

"언니, 여기서 왜 이러고 있어? 일어나서 엄마랑 같이 집에 가자. 응?"

한지은의 얼굴은 눈물로 완전히 젖어 있었다.

차갑고 서늘한 영안실에 언니가 누워 있는 것이 한지은으로서는 정말 믿어지지 않았다.

그때 같이 울고 있던 한강호가 아버지의 손을 잡으며 입을 열었다.

"아빠, 매형 빨리 돌아오라고 해. 응? 매형이 오면 작은누나 다시 살려낼 수 있잖아."

한종섭이 눈물에 젖은 얼굴로 막내아들을 내려다보았다.

"그래. 그럴게."

둘째딸의 얼굴을 만지고 있던 이은숙이 남편을 바라보며 입을 열었다.

"그래요. 빨리 동하를 불러요. 동하가 오면 유진이 다시 살려낼 수 있잖아요. 여기 이러고 유진이가 누워 있는 거 정말 싫어요. 차라리 내 목숨 가져가고 유진이를 살려내라고 해요. 네?"

한종섭이 대답했다.

"동하랑 서영이가 한국으로 출발했다는 연락을 받았어. 늦어도 새벽이면 도착할 거야."

미국의 레이얼 시스템 본사에서 김동하와 한서영이 한국으로 출발했다는 연락을 받았던 한종섭이었다.

사위인 김동하에게 사람의 생명을 살리는 천명의 권능이 있다는 것을 알고 있는 한종섭이다.

그렇지만 실제로 자신의 자식이 이렇게 차가운 시신으로 변해 누워 있는 것을 보자 진짜로 김동하에게 그런 능력이 있는지 무섭고 두려웠다.

타인을 살리는 것은 경이롭고 신비한 능력인 건 분명하지만 실제로 자신의 딸 한유진이 죽자 그런 권능이 한유진에게 통할 것인지 두려운 것이다.

한지은이 언니 한유진의 손을 잡고 울면서 입을 열었다.

"언니, 형부가 온대. 그럼 언니가 다시 살 수 있을 거야."

한지은은 형부인 김동하가 반드시 언니를 살려 낼 수 있을 것이라고 믿었다.

정작 아빠인 한종섭은 김동하의 능력이 통하지 않을지 모른다는 두려움에 힘들어 하는 것은 모르고 있었다.

한종섭의 가족에게 한유진의 시신을 보여주고 물러서 있는 조민식은 고인인 한유진의 가족들이 하는 이야기를 들으며 어리둥절하고 있었다.

이미 죽어 사망판정을 받은 한유진을 다시 살려낸다는 한유진의 가족들이 하는 말이 너무나 황당했기 때문이다.

그러다 문득 지난여름에 세영대학병원의 영안실에서 실

제로 일어났다는 황당한 해프닝이 머리에 떠올랐다.

학교친구들의 집단 괴롭힘에 자살했던 한 여고생이 영안실에서 살아났다고 했던 일이었다.

대한민국에서도 의료기관으로서는 세손가락 안에 들어갈 정도로 유명한 세영대학병원에서도 당시의 사건에 놀랄 정도로 황당해 했다는 소식이었다.

그때의 황당한 해프닝은 알게 모르게 대한민국의 종합병원에 소문으로 퍼져 있었다.

조민식 역시 같은 소문을 들었지만 그것을 실제로 믿지는 않았다.

세명대학병원 측에서 실력이 모자란 인턴이 시신의 검안을 제대로 하지 못해 생긴 착오로 빚어진 해프닝으로 생각했기 때문이다.

하지만 지금은 달랐다.

한유진의 시신이 병원에 도착했을 때 등을 관통할 정도로 정확하게 심장이 찔린 채 사망한 한유진을 자신의 눈으로 직접 보았다.

그런 한유진을 다시 살려내는 것은 의신(醫神)이라 알려진 히포크라테스가 다시 살아온다고 해도 절대로 이룰 수 없는 불가능한 일이었다.

설사 신의 힘을 가진 존재가 있다고 해도 이미 죽어 차가운 영안실에 안치된 시신을 다시 살려내는 것은 절대로 있

을 수 없는 일이라고 철저하게 믿고 있는 조민식이었다.

조민식은 죽은 딸의 얼굴을 매만지며 슬프게 울고 있는 한유진의 가족들을 물끄러미 바라보았다.

영안실에서 근무하며 자주 겪는 상황이지만 누군가의 죽음을 슬퍼하며 울고 있는 유족을 지켜보는 건 매번 봐도 익숙해지지 않았다.

자신에게도 그 슬픔이 전해지는 듯했다.

하얀색의 천이 내려가자 그제야 드러난 한유진의 가슴에 난 상처를 이은숙이 눈물을 흘리며 손으로 자꾸만 덮고 있었다.

마치 손으로 덮으면 한유진의 가슴에 난 끔찍한 상처가 지우개로 지운 낙서처럼 지워질지도 모른다는 엄마로서의 애처로움이었다.

그런 아내를 한종섭이 눈물에 젖은 눈으로 물끄러미 바라보고 있었다.

차가운 영안실 안에는 이제 이은숙의 희미한 울음소리와 한지은과 한강호의 울음소리만 메아리처럼 울리고 있었다.

한종섭이 한쪽에 서 있는 조민식을 보며 입을 열었다.

"혹시 내 딸을 누가 이렇게 만든 것인지 들은 것이 있습니까?"

조민식이 머리를 흔들었다.

"글쎄요. 얼핏 들었는데, 경찰들 말로는 한유진씨가 변을 당했던 아파트의 CCTV 카메라 위치도 피해 다녔을 정도로 치밀하게 계산이 된 범죄라고 하는 것 같았습니다."

조민식은 한유진의 시신을 안치하기 위해 병원을 방문했던 경찰들이 나누는 대화에서 자신이 들었던 말을 털어놓았다.

한종섭의 눈이 번득였다.

"범인이 CCTV의 카메라 위치까지 피해 다녔단 말인가요?"

"예. 한유진씨나 한유진씨랑 같은 장소에서 피해를 당한 경비원은 CCTV의 화면에 잡혔는데 범인들은 화면에 나오지 않았다고 하더라고요. 카메라가 설치된 곳에서는 아예 머리를 돌리거나 화각에서 벗어나 움직인 것으로 보아서는 치밀하게 계획된 것일지 모른다고 하더군요."

"……."

한종섭이 어금니를 깨물었다.

그는 전 재산을 바쳐서라도 둘째 딸 한유진을 이렇게 만든 자들을 찾아내 갈기갈기 찢어서 죽이고 싶었다.

하지만 경찰이 모르는 것을 자신이 알 수는 없는 일이었다.

딸 한유진이 다시 살아나 당시의 상황이 어떻게 된 것인지 설명해 주거나 아니면 범인이 눈앞에 나타나 자신의 입

으로 실토를 한다면 그렇게 할 수 있을 테다.

그러나 범인이 미치지 않은 이상 그렇게 할 리가 없었기에 답답해지는 마음이었다.

한종섭이 암울한 시선으로 다시 머리를 돌려 딸의 시신을 안고 울고 있는 아내와 셋째딸 그리고 막내를 바라보았다.

한종섭의 눈빛이 흔들리고 있었다.

* * *

딩동—

안쪽에서 들리는 벨소리가 현관 밖에 서 있는 복도에서도 확연하게 들렸다.

아파트의 안쪽에서 포메라니언 유진이 중문을 긁는 것인지 무언가를 긁는 듯한 소리를 내며 짖었다.

멍멍.

한서영이 이마를 찌푸리며 김동하를 바라보았다.

"우리가 없는 사이에 유진이가 유진이를 돌보며 집에서 머물기로 했는데… 이상하네."

안에 한유진이 있었다면 벌써 문을 열어 주었을 것이다.

공항에 세워놓았던 한서영이 차를 찾아서 김동하와 함께 아파트로 돌아오는 동안 우연인지 아파트 경비원이나 같은 단지의 주민들과 단 한 번도 마주친 적이 없었다.

더구나 차를 주차하기 위해 곧장 지하 주차장으로 내려
간 탓에 아파트 지하 주차장에서 21층으로 바로 올라왔
다.

때문에 아파트 1층에 만들어 놓은 끔찍했던 현장의 모습
을 보전하기 위한 폴리스라인도 눈치채지 못했다.

만약 한서영과 김동하가 1층을 통해 들어왔다면 무언가
끔찍한 일이 벌어졌다는 것을 알아차렸겠지만 지하에서
올라온 탓에 아무것도 감지하지 못했다.

한서영의 뒤에 서 있던 김동하의 미간에 살짝 주름이 잡
혀 있었다.

지하에서 한서영과 함께 엘리베이터를 타는 순간 엘리베
이터 안에서 거북한 혈향을 느꼈다.

혈향은 김동하의 몸에 가득한 무량기가 저절로 반응할
정도로 진하게 번져 있었지만 그것이 한유진이 흘린 피라
고는 김동하도 미처 짐작하지 못했다.

다만 깔끔하게 청소가 된 엘리베이터 내부와는 다르게
혈향의 농도가 제법 진했기에 김동하로서는 조금 의아함
을 느끼고 있을 뿐이었다.

김동하의 앞에서 벨을 누르고 있는 한서영의 얼굴이 다
급해 보였다.

미국으로 떠나면서 차에 놓아두었던 한유진과 김동하의

전화기는 배터리가 모두 방전되어 전화기를 쓸 수도 없는 상황이었다.

차에서 충전할 수 있는 충전기라도 사두었다면 이런 불편함은 없었을지 모른다.

다만 한서영은 차에서 충전한다는 생각 따위는 하지도 않았기에 그런 장비도 없었다.

자신과 김동하가 돌아왔다는 것을 엄마와 아빠에게 알려주고 싶었지만 전화기가 쓸모없는 상황이었기에 다급해했다.

김동하가 입을 열었다.

"그냥 열고 들어가지요. 안에 유진 처제가 없는 것 같습니다."

김동하가 무량기로 이미 안쪽의 상황을 잠시 살펴보았지만 한유진의 기척이 느껴지지 않았다.

한서영이 머리를 끄덕였다.

"그래야겠네. 이것이 내가 없다고 혹시 술 먹고 자는 거 아닌지 모르겠네."

한서영은 김동하가 이미 무량기를 이용해 아파트 내부를 살폈다는 것은 생각하지 못했다.

한서영이 도어락의 번호를 눌렀다.

삐삐삐삣—

익숙하게 비밀번호를 누르자 이내 문의 잠금이 풀어졌다.

문을 열자 중문의 안쪽에서 강아지 유진이 김동하와 한서영의 얼굴이 보이자 꼬리를 흔들며 뛰어올랐다.

유진은 한동안 보이지 않았던 주인이 돌아오자 어쩔 줄 몰라 하고 있었다.

김동하가 그런 유진을 보며 입꼬리를 살짝 말아 올렸다.

한서영이 중문을 열자 유진이 그대로 뛰어 오르듯 한서영과 김동하의 품으로 달려들었다.

멍.

김동하는 한서영을 거쳐 자신의 품으로 뛰어 오르는 유진을 안아 들었다.

"하하 잘 지내고 있었느냐?"

멍.

유진이 꼬리를 흔들며 김동하의 얼굴을 혀로 핥았다.

작은 체구의 유진이었지만 몸을 흔드는 힘이 전과 달리 제법 커진 느낌이 들었다.

한서영이 가방을 들고 거실로 들어서며 이곳저곳을 살폈다.

어디에도 동생인 한유진의 흔적이 보이지 않았다.

거실 한쪽에 한유진의 것으로 보이는 책이 놓여 있었고 소파에는 한유진이 집안에서 입었을 것으로 보이는 핑크빛의 트레이닝복이 걸려 있었다.

예전에 한서영이 김동하를 처음 만났던 날 김동하에게

내주었던 트레이닝복과 같은 옷이었다.

한서영이 아파트의 방문을 모두 열어 한유진을 찾았지만 한유진은 어디에도 없었다.

"가시나가 유진이를 팽개치고 집에 갈 정도로 급한 일이 있었던 모양이구나."

한서영은 한유진이 아파트에 없자 본가로 갔을 것이라고 지레 짐작했다.

자신이 알고 있는 동생이라면 쓸데없이 집을 비우는 일은 없을 것이다.

집에 한유진이 없다는 것을 확인한 한서영이 전화기를 충전하기 위해 충전기를 찾았다.

김동하의 전화기도 자신이 가지고 있었기에 김동하의 전화기까지 충전을 시작했다.

앞으로 1, 2분 정도면 간단하게 통화 정도는 할 수 있을 테니 전화기를 충전시킨 뒤 안방으로 향했다.

"자기도 방에 들어가서 옷 갈아입어."

이제 한서영이 김동하를 부르는 호칭은 자기라는 호칭으로 변해 있었다.

이미 한국으로 돌아오는 즉시 김동하와 결혼식을 올릴 것이라고 작심을 하고 있었기에 호칭부터 변화시킨 것이다.

한서영이 시키는 대로 김동하가 유진을 내려놓고 자신의

방으로 들어갔다.

잠시 후.

간편한 복장으로 갈아입은 한서영이 안방에서 나와 주방 쪽으로 향했다.

김동하에게 저녁을 만들어 줄 생각에 재료를 찾아보기 위해서였다.

냉장고 문을 열어본 한서영이 피식 웃었다.

냉장고에는 한유진이 마시기 위해 사다놓은 것으로 보이는 캔 맥주 몇 개와 마른 한주 그리고 생수병 몇 개가 전부였다.

"유진이 이게 물만 먹고 살 생각이었나. 맥주만 잔뜩 사다놓았어."

혼잣말처럼 중얼거린 한서영이 본가에 전화를 걸어 한유진에게 잔소리를 할 생각에 충전을 시작한 전화기를 향해 걸음을 옮겼다.

그때 김동하도 방에서 옷을 갈아입고 나왔다.

한서영이 힐끗 김동하를 바라보며 입을 열었다.

"자기도 아빠하고 엄마한테 귀국했다고 전화로라도 먼저 인사해."

김동하가 싱긋 웃었다.

"누님께서 먼저 인사하시면 그때 하지요."

한서영이 머리를 끄덕였다.

"그래."

한서영이 충전중인 전화기를 집어 들었다.

액정의 화면에 충전중이라는 배터리표시와 함께 3%라는 숫자가 떠올라 있었다.

이 정도면 충전을 하는 상태로 통화가 가능하다.

이내 익숙하게 본가의 전화번호를 눌렀다.

띠리리리릿—

한서영의 귀에 길게 전화기의 벨소리가 들려왔다.

전화기를 귀에 가져간 한서영의 얼굴이 시간이 지날수록 살짝 찌푸려지고 있었다.

"왜 전화를 받지 않는 거지? 지은이나 강호라도 전화를 받아야 하는데……."

머리를 갸웃거리며 혼잣말처럼 중얼거리던 한서영이 전화를 끊고 다시 발신을 눌렀다.

여전히 벨소리가 울리고 있었지만 누구도 전화를 받지 않았다.

한서영의 본가는 한종섭과 가족들이 공통으로 사용하는 집전화가 있었기에 한서영은 그 전화번호를 눌렀다.

하지만 그 누구도 전화를 받지 않자 결국 한서영은 엄마 이은숙의 번호를 눌렀다.

이은숙은 둘째딸 한유진이 사망했다는 말에 전화기조차 챙기지 못하고 뛰쳐나갔다.

엄마의 전화도 벨이 울렸지만 받지 않자 한서영은 약간 불안한 느낌이 들었다.

이번에는 동생 한유진의 전화번호를 눌렀다.

띠리리리릿—

띠리리리릿—

계속 전화의 벨소리가 이어지고 있었지만 한유진도 전화를 받지 않았다.

전화를 하는 한서영의 얼굴을 지켜보던 김동하는 점점 굳어지는 한서영의 표정을 보며 머리를 갸웃했다.

"전화를 받지 않습니까?"

한서영이 대답했다.

"응. 이상해. 이런 경우는 없는데…….."

한서영이 다시 전화를 끊고 재발신을 눌렀다.

띠리리리릿—

딸칵—

순간 누군가 전화를 받았다.

한서영의 눈이 커졌다.

"여보세요? 유진이 너 왜 그렇게 전화를 안 받아?"

그런 한서영의 귀로 굵직한 남자의 목소리가 들려왔다.

—한유진씨의 전화깁니다. 액정에 서영언니로 표시되어 있는데 혹시 한유진씨와 어떤 관계이신지 물어도 될까요?

한서영의 눈이 동그랗게 변했다.

"그, 그쪽은 누구세요? 왜 유진이 전화를 그쪽에서 받아
요?"

한서영의 물음에 전화기 속의 남자가 대답했다.

―아, 여기는 서초경찰서고요, 저는 서초경찰서 강력1
반 이동현 형사입니다. 한유진씨의 전화기와 소지품은 잠
시 증거차원에서 저희가 가지고 있는 중입니다.

한서영의 얼굴이 굳어졌다.

"증거요?"

―실례지만 전화를 하신 분은 한유진씨와 어떤 관계인지
물어도 되겠습니까?

"제 동생이에요."

―그럼 한유진씨가 친동생이신가요?

"네. 제 이름은 한서영이고 바로 아래 동생이 유진이에
요. 무슨 일이죠?"

한서영의 표정은 이제 눈에 띄게 굳어져 있었다.

본능적으로 무언가 엄청난 일이 벌어지고 있음을 직감하
는 한서영이었다.

김동하 역시 딱딱하게 변해가는 한서영의 표정을 보며
표정이 굳어지고 있었다.

전화기 속의 이동현 형사가 머뭇거리며 입을 열었다.

―아, 아직 가족 분들로부터 소식을 전해 듣지 못하셨습
니까?

한서영의 입술이 잘근 깨물렸다.

"무슨 일인지 방금 제가 물었어요."

—그게…….

잠시 머뭇거리는 이동현 형사의 목소리에서 말하기가 참 부담스럽다는 분위기를 감지한 한서영이었다.

"빨리 말해요. 유진이에게 어떤 일이 생겼나요?"

한서영의 입에서 처음으로 앙칼진 목소리가 흘러나왔다.

김동하로서도 놀랄 정도로 달라진 한서영이었다.

한서영의 앙칼진 목소리에 이동현 형사가 얕은 한숨을 불어내며 입을 열었다.

—오늘 오후 8시 30분경에 반포의 다인캐슬 아파트 101동 1층 현관 앞에서 같은 아파트의 경비원과 함께 한유진 씨가 칼에 찔려 사망하셨습니다. 일단 면식범의 소행으로 보고 추적중이지만…….

이동현 형사의 말을 들으며 한서영은 눈앞이 아득해졌다.

"유, 유진이가 죽었다고요? 내 동생이?"

—네. 현재 한유진 씨의 시신은 반포의 경신종합병원의 영안실에 안치가 되어 있습니다. 아마 다른 가족 분들도 모두 그곳으로 가셨을 겁니다.

이동현 형사의 말에 한서영은 온몸에서 힘이 빠져나가는

느낌이 들었다.

한서영이 김동하를 힘없는 눈으로 바라보며 입을 열었다.

"우리 유진이가… 칼에 찔려서 죽었대."

한서영의 말에 김동하의 얼굴이 딱딱하게 변했다.

경신종합병원은 한서영도 잘 알고 있는 병원이었다.

이곳 아파트에서 그렇게 멀지도 않은 곳이었고 한서영의 가족들도 자주 들르는 병원이기도 했다.

한서영이 세영대학병원에서 의사로서 인턴의 첫걸음을 내딛자 가족 모두가 세영대학병원을 이용했지만 그전에는 경신종합병원에 자주 다녔다.

전화기 속에서 한유진의 죽음을 알려준 이동현 형사가 무어라고 말하는 소리가 들렸지만 한서영이 힘없이 전화를 끊었다.

그런 한서영을 보며 김동하가 굳은 얼굴로 물었다.

"처제는 지금 어디에 있습니까?"

한서영이 대답했다.

"경신종합병원 영안실이래. 엄마와 아빠 그리고 동생들이 그곳에 다 있을 거야. 그래서 전화를 받지 않은 거고."

한서영은 그제야 본가의 전화기를 아무도 받지 않았던 이유를 알아차렸다.

한서영의 큰 눈에서 눈물이 후드득 떨어져 내렸다.

"나 그곳에 데려다 줘. 그리고 자기가 우리 유진이 다시 살려줘. 응? 부탁할게."

한서영이 김동하의 앞에 두 손을 모으고 울었다.

김동하가 울고 있는 한서영을 가만히 안아주었다.

그리고 마치 속삭이는 것처럼 한서영의 귀에 대고 낮게 말했다.

"걱정하지 말아요. 이제는 내 주변에 있는 사람은 내 허락 없이 절대로 죽게 놔두지 않을 거니까."

"으흐흑."

한서영이 김동하의 품에서 흐느꼈다.

김동하가 흐느끼는 한서영을 안고 자리에서 일어서서 베란다로 향했다.

그리고 울고 있는 한서영을 내려다보며 입을 열었다.

"누님을 데리고 전력으로 달릴 겁니다. 병원의 위치가 어딘지 말해주기만 하면 됩니다. 그곳으로 누님을 데려다 줄게요."

한서영이 눈물을 흘리며 한쪽을 가리켰다.

"저쪽이야."

"계속 위치를 말해줘야 해요."

"응."

한서영이 머리를 끄덕이는 순간 김동하가 순식간에 아파트의 난간 위로 올라섰다.

동시에 김동하의 몸이 튕겨지듯 허공으로 떠올랐다.

김동하는 온몸의 무량기를 한꺼번에 끌어올리며 한서영이 가르쳐준 방향으로 튕겨져 나갔다.

마치 한 마리의 비조처럼 순식간에 한서영을 안은 김동하의 몸이 검은 하늘 속으로 빨리듯 사라졌다.

누군가 하늘을 가로지르고 있는 김동하와 한서영을 보았다면 어둠 속에서 거대한 새가 빠르게 스쳐가는 것으로 보일 정도였다.

* * *

"유족이 찾아왔다고요?"

서초경찰서 강력1반 임규현 반장이 눈을 끔벅거리며 경신종합병원 영안실 직원 김군호를 바라보았다.

김군호가 머리를 끄덕였다.

"조금 전에 찾아왔습니다. 유족이 확실한 것을 확인했지요. 지금 영안실에서 고인을 만나고 있는 중입니다."

"그래요?"

반포의 다인캐슬 아파트에서 벌어진 끔찍한 사고는 오늘밤 9시 뉴스에서도 언급이 될 정도로 유명한 사건이었다.

범인의 행방도 찾을 수 없고 특정된 범인의 얼굴도 알아내지 못하고 있는 중이었다.

다만 한 가지 꺼림칙한 것은 사건현장인 다인캐슬 아파트에 부영그룹 천종모 회장의 뜬금없는 등장이었다.

경인지역의 어두운 세력과 결탁하고 있는 것으로 주목을 받고 있던 태명그룹 박기출 회장과 연관되어 있는 부영그룹의 천종모 회장의 등장은 난데없는 아파트 살인사건에 새로운 변수가 될 수도 있다는 생각이 들었지만 확신할 수는 없는 일이었다.

CCTV로 살펴본 결과 대낮에 아파트 단지에 등장한 천종모 회장의 롤스로이스와 함께 나타났던 검은색의 국산 대형승용차는 차종은 범인들이 타고 있던 차량과 같은 종이었다.

그러나 차의 번호가 다르니 그들을 사건과 연계시킬 방도가 없었다.

한유진과 경비원 강영식을 살해하고 사라진 사내들이 이용했던 차량은 확인결과 도난차량이었다.

지역 방범시설과 지리를 잘 알았는지 순식간에 사라져 지금 차량을 수배하고 있는 상황이었다.

결국 죽은 한유진과 경비원 강영식의 시신을 좀 더 조사해서 작은 단서라도 찾기 위해 다시 이곳을 찾아온 임규현 반장이었다.

임규현 반장이 자신의 옆에 동행하고 있는 김국현 경사를 바라보며 입을 열었다.

"카메라 챙겨왔지?"

시신의 몸에서 작은 흔적이라도 찾아낸다면 그것을 카메라로 찍어 증거로 보관해야 했다.

김국현 경사가 머리를 끄덕이며 옆구리를 툭 쳤다.

"예, 비품실에 들러 받아서 가져왔습니다."

"쯧, 유족들이 보면 싫어할지도 모르겠군 그래."

시신의 몸에서 증거를 찾으려면 시신의 모든 옷을 벗겨야 하고 체모 한 올 한 올까지 세밀하게 살피는 것이 정상이다.

하지만 그런 모습을 유족들이 보게 하는 것은 참으로 못할 짓이었다.

하지만 어쩔 수 없는 일이었다.

어차피 죽은 사람은 다시 살아나지 못하는 것이 상식이다.

자신들은 범인이 남긴 조그만 단서라도 찾아내 범인을 잡아서 억울하게 죽은 유족의 한을 풀어주는 것이 정상이었다.

임규현 반장의 눈짓을 받은 두 사람이 막 영안실로 향하려는 순간이었다.

"아, 아빠."

후다다닥—

몇 명의 남녀들이 급하게 경신종합병원의 영안실로 들어

섰다.

20대 중반으로 보이는 젊은 여자와 20대 후반으로 보이는 젊은 남자 그리고 머리가 헝클어진 50대 초반의 여자였다.

김군호가 놀란 얼굴로 영안실로 들어서는 사람들을 바라보았다.

먼저 비명처럼 소리를 지르며 영안실로 먼저 들어선 20대의 여자가 하얗게 질린 얼굴로 울먹이며 물었다.

"여, 여기에 우리 아빠 계세요? 아까 경찰서에서 연락을 받고 달려오는 길이에요."

김군호가 눈을 껌벅이며 물었다.

"부친의 성함이 어떻게 되시는데요?"

"다인캐슬 아파트에서 경비원으로 근무하시는 분이 우리 아빠예요. 우리 아빠 이름은 강영식이에요."

김군호가 머리를 끄덕였다.

"예. 고인이신 강영식씨는 여기 영안실에 안치되어 계십니다. 일단 유족 분들의 신원을 확인해야 하니까 신분증을 보여 주시겠습니까?"

김군호의 말에 50대 초반의 여자가 다리에 힘이 풀린 듯 털썩 주저앉았다.

"아이고 성진이 아부지."

맥이 풀린 듯 말하는 50대 초반의 여인은 다인캐슬 아파

트에서 억울하게 죽은 경비원 강영식의 부인 박진희였다.

그녀는 오후 근무를 위해 초저녁에 집을 나간 남편이 갑자기 죽었다는 경찰의 연락에 반쯤은 정신이 나간 상태였다.

다니던 회사가 자금난으로 어려움에 처하자 회사를 사직하고 그나마 아파트 경비원으로 가족을 부양하던 남편이었다.

그런 남편이 갑자기 죽었다는 소식을 전해온 경찰의 연락은 박진희를 반쯤은 실신하게 만들 정도로 충격적이었다.

왜 남편이 죽어야 했는지 이유를 알지도 못했다.

경찰의 말로는 아파트 입주민인 젊은 여자와 함께 아파트 입구에서 변을 당했다고 했기에 입주민인 여자를 보호하려다 변을 당한 것으로 예상할 수밖에 없었다.

박진희가 바닥으로 쓰러지자 옆에 서 있던 경비원 강영식의 아들 강성진이 재빨리 어머니인 박진희를 부축했다.

"어머니, 정신 차리세요."

강성진의 얼굴도 하얗게 질려 있었다.

오후에 퇴근해서 텔레비전으로 프로야구를 보고 있던 중에 아버지가 사망했다는 소식을 들었다.

강영식의 딸 강성희도 마찬가지였다.

오후에 퇴근해서 친구를 만나 커피를 마시며 수다를 떨

던 중 오빠로부터 아빠의 사망소식을 전해 듣고 울면서 달려온 것이었다.

김군호는 울면서 신분증을 제출하는 강성희와 강성진의 신분증을 가지고 그들이 경비원 강영식의 유족인 것을 확인했다.

이내 빠르게 유족의 영안실 방문확인서를 작성하고 그들을 영안실로 안내할 준비를 했다.

한쪽에서 유족들이 울고 있는 것을 본 임규현 반장과 김국현 경사는 눈앞에서 벌어지고 있는 참담한 상황에 끼어들 생각도 할 수가 없었다.

시신의 몸에서 증거를 찾는 것은 유족들이 모두 돌아간 다음에 진행하기로 생각하면서 쓴 입맛을 삼킬 뿐이었다.

김군호가 막 경비원 강영식의 유족을 안치실로 안내하려는 순간 누군가 빠르게 다시 영안실로 들어섰다.

김군호의 눈이 껌벅여졌다.

동시에 경비원 강영식의 유족들이 안치실로 들어가려는 것을 차마 보지 못하고 머리를 돌렸던 임규현 반장과 김국현 경사가 놀란 얼굴로 영안실에 나타난 두 사람을 바라보았다.

한 사람은 입이 벌어질 정도로 아름다운 여인이었고 다른 한 명은 같은 남자가 보아도 탄성이 터질 것처럼 잘생기고 헌칠한 남자였다.

뒤늦게 영안실에 도착한 사람은 김동하의 품에 안겨서 단숨에 경신종합병원으로 날아온 한서영이었다.

한서영이 두리번거리다가 경신종합병원의 로고가 박힌 근무복을 입은 김군호를 발견했다.

한서영이 창백한 얼굴로 김군호에게 다가섰다.

"벼, 병원 직원이세요?"

핏기를 잃은 창백한 얼굴의 한서영이었지만 그럼에도 입이 벌어질 정도로 너무나 아름다운 모습이었다.

김군호가 살짝 놀란 얼굴로 물었다.

"무슨 일로 오셨습니까?"

오늘 새로 들어온 시신의 유족들은 이미 모두 도착한 상황이었다.

기존에 이곳 영안실에 안치된 시신들의 유족들은 이곳 장례식장에서 장례를 치르는 중이었다.

늦어도 이틀 후면 모두 이곳 병원장례식장에서 장례를 치른 뒤 화장장으로 옮겨져 화장을 하거나 장지로 옮겨져 매장을 하여 정식으로 세상에서 영원히 사라질 것이다.

한서영이 창백한 얼굴로 입을 열었다.

"여기 한유진이라는 여자가 안치되어 있나요?"

김군호가 눈을 껌벅였다.

"한유진씨요? 이미 유족이 와 있는데……."

김군호로서는 절대로 한유진의 가족을 잊을 수가 없을

것이다.

태어나서 그렇게 젊은 모습의 중년부부는 본 적이 없었다.

한서영이 빠르게 입을 열었다.

"나는 사망한 한유진의 언니예요. 이 사람은 제 남편이고요."

한서영의 말에 김군호가 멍한 얼굴로 한서영과 김동하를 바라보았다.

한쪽에 서 있던 임규현 반장과 김국현 경사도 놀란 얼굴로 한서영과 김동하를 바라보았다.

사망한 한유진이 엄청난 미인이었다는 것을 알고 있던 두 사람이었으나 그런 한유진에 버금갈 정도로 아름다운 한서영의 등장은 그들로서도 살짝 놀랄 정도였다.

김군호가 더듬거렸다.

"그, 그럼 신분증을……."

한서영이 다급하게 입을 열었다.

"급하게 나오느라 신분증을 가져오지 않았어요. 지금 유진이를 엄마와 아빠가 만나고 있다면 제가 언니라는 것을 말씀해 주실 거예요."

옷을 모두 갈아입고 나왔기에 신분증 따위는 가져올 생각도 하지 못했던 한서영이었다.

그것은 김동하도 마찬가지였다.

한서영과 같이 옷을 갈아입었던 김동하가 신분증을 챙길
리가 없었기 때문이다.

김군호가 머리를 끄덕였다.

"아, 알겠습니다. 그럼 따라오시죠."

김군호는 이미 한서영의 얼굴을 보는 순간 한유진과 자
매일 것이라고 예상했다.

영안실에 안치된 수많은 시신들 중에서도 한유진만큼 아
름다운 시신은 본 적이 없었고 그런 한유진에 버금갈 정도
의 아름다운 미모의 한서영이었다.

김군호가 경비원 강영식의 유족과 한서영과 김동하를 데
리고 안치실로 향했다.

안치실의 문을 열고 들어가자 한쪽에서 시신을 부둥켜안
고 오열하고 있는 가족들이 보였다.

한지은은 죽은 언니의 손을 잡고 오열하고 있는 엄마의
등을 토닥거리다가 또다시 누군가 영안실로 들어서자 머
리를 돌렸다.

한지은의 눈에 큰언니 한서영과 형부 김동하의 얼굴이
제일 먼저 들어왔다.

"언니. 형부."

한지은의 목소리가 영안실을 짤랑 울렸다.

한지은에게 큰언니와 형부의 등장은 그 무엇보다 바라던
일이었기 때문이었다.

"서영아, 김서방."

한종섭도 놀란 얼굴로 한서영과 김동하를 바라보았다.

한쪽에 서 있던 경신종합병원 영안실 직원 조민식이 눈을 껌벅였다.

한유진에게 또 다른 가족이 찾아왔다는 것에 약간 놀란 얼굴이었다.

한서영과 김동하가 가족들을 만나는 것을 본 김군호가 조민식을 보며 입을 열었다.

"이분들은 강영식씨의 유족이야. 시신을 보여드려."

조민식이 눈을 껌벅이며 김군호의 옆에 서 있는 경비원 강영식의 유족을 보며 살짝 인사를 했다.

"삼가 조의를 표합니다."

최진희가 울음이 섞인 음성으로 입을 열었다.

"우리 남편은 어디에 있어요?"

최진희의 말에 조민식이 김군호를 향해 머리를 살짝 끄덕인 후 한유진이 안치되어 있던 캐비닛의 옆 칸으로 다가섰다.

이렇게 두 유족이 한꺼번에 안치실로 들어오는 것은 영안실 근무를 하면서도 흔치 않은 일이었다.

조민식이 강영식의 시신이 안치된 캐비닛으로 걸어가는 것을 본 김군호가 가볍게 목례를 하고 이내 안치실을 빠져나갔다.

52

영안실의 근무를 하면서도 유족과 고인이 만나는 것을 지켜보는 것은 그렇게 쉽게 익숙해지지 않았기 때문이었다.

고인의 시신을 안고 울고 있는 유족을 지켜보는 것은 언제나 먹먹한 슬픔을 안겨주는 일이었다.

김군호가 안치실을 나가자 이내 강영식의 유족들 앞에 하얀 천으로 덮인 강영식의 시신이 트레일러에 실려서 옮겨졌다.

조민식이 시신의 얼굴을 가린 천을 걷어내자 최진희가 울음을 터트렸다.

"아흐흐흐흐 성진이 아부지. 이렇게 가버리면 난 어쩌란 말이에요?"

최진희는 마치 잠을 자듯 누워있는 남편의 얼굴을 부둥켜안고 너무나 애절한 울음을 터트렸다.

그런 엄마를 지켜보던 강성진과 강성희 역시 울음을 터트렸다.

한종섭은 큰딸 한서영의 옆에 굳은 얼굴로 서 있는 김동하의 손을 잡았다.

"왔는가?"

김동하가 정중하게 이마를 숙였다.

"늦어서 죄송합니다. 아버님."

한종섭 회장이 머리를 흔들었다.

"아닐세. 이렇게 온 것만으로 마음이 든든해."

그때 한유진의 손을 잡고 울고 있던 이은숙이 다급하게 김동하의 손을 잡아챘다.

"김서방. 우리 유진이 살려주게. 살려줄 수 있지?"

김동하의 옆에 서 있던 한서영이 대답했다.

"그럴 거야 엄마. 동하가 유진이를 살려줄 거라고 약속했어."

한서영은 차가운 트레일러 위에 잠을 자듯 누워 있는 동생 한유진의 얼굴을 차마 보지 못했다.

한서영은 죽은 동생 한유진이 아닌 생생한 모습으로 살아 있는 한유진을 볼 생각이었다.

또한 한유진이 자신을 대신해서 아파트에서 머물고 있었기에 마치 자신 때문에 죽은 것 같은 미안함을 느끼고 있었다.

한종섭이 김동하를 보며 입을 열었다.

"심장을 정확하게 찔렸네. 자네에게 능력이 있다는 것을 알고 있지만 난 겁이 나는군. 어떤가? 살려줄 수 있겠는가?"

김동하가 창백한 얼굴로 은색의 트레일러 위에 잠을 자듯 누워 있는 한유진의 얼굴을 보며 입을 열었다.

"물론입니다. 저의 천능을 모두 소진한다고 해도 유진처

제는 반드시 살려낼 것입니다. 그리고 유진처제를 저렇게 만든 자들도 찾아내 그들이 한 짓에 대한 대가를 치르게 만들어야지요."

"고마워, 정말 고마워."

한종섭의 눈에 습막이 차오르고 있었다.

뭘 해도 귀엽고 밉지 않았던 딸이었다.

그런 딸이 더 이상 아무 말도 하지 않고 차가운 트레일러 위에서 잠을 자는 것이 너무나 무섭고 두려웠다.

하지만 이제 사위인 김동하가 돌아왔으니 딸이 다시 깨어날 것이라는 희망이 생겼다.

김동하가 천천히 한유진의 곁으로 다가갔다.

동생의 죽은 얼굴을 차마 보지 못하고 있던 한서영도 김동하가 한유진에게 다가가자 천천히 걸음을 옮겼다.

한서영이 눈을 감고 있는 한유지의 얼굴을 물끄러미 바라보았다.

한서영의 큰 눈에 눈물이 차오르며 또르르 얼굴을 타고 아래로 흘러내렸다.

한서영이 나직하게 중얼거렸다.

"유진아, 언니가 살려줄게. 꼭 살려줄게. 그리고 절대로 아프게 하지 않을 거야."

한서영의 눈에 엄마가 한유진의 상처를 메꾸려고 어루만 졌던 가슴의 상처가 들어왔다.

"얼마나 아프고 무서웠니?"

자신의 눈으로 보아도 한유진의 가슴에 생긴 상처는 너무나 끔찍하고 아프게 느껴졌다.

벌어진 상처의 틈사이로 보이는 붉은 선혈의 흔적이 마치 자신의 몸에 난 상처처럼 아프게 보였다.

한서영이 한유진의 볼을 가볍게 어루만졌다.

"동하가 널 꼭 살려줄 거야. 그럴 수 없다면 나도 죽어버릴 거야. 미안해, 정말 미안해 유진아."

한서영의 두 눈에서 다시 맑은 눈물이 흘러내렸다.

김동하가 울고 있는 한서영의 등을 부드럽게 쓰다듬으며 입을 열었다.

"이제 제가 유진처제를 좀 볼게요."

김동하의 말에 한서영이 몸을 비켜주었다.

김동하의 주변으로 한종섭과 이은숙 그리고 한서영과 한지은, 한강호까지 모두 둘러섰다.

한쪽에서 죽은 강영식의 유족들을 지켜보고 있던 조민식이 힐끗 이쪽으로 시선을 던졌다.

그렇지만 한종섭 회장의 가족들이 한유진이 누워 있는 트레일러를 둘러싸고 있었기에 정확하게 무엇을 하고 있는 것인지 보이지 않았다.

김동하가 잠시 한유진의 얼굴을 내려다보다가 자신의 손을 입으로 가져갔다.

순간 신비로운 푸른빛이 흘러나와 김동하의 손에 고였다.

한종섭의 가족들은 김동하에게 신의 권능이 있다는 것을 알고 있었지만 또다시 보게 되자 여전히 신비롭고 경이로운 느낌에 입을 벌렸다.

김동하는 손에 고인 천명의 기운을 한유진을 사망하게 만든 상처부위에 가만히 흘려주었다.

그러자 끔찍하게 벌어져 있었던 한유진의 상처가 순식간에 아물기 시작했다.

스스스스스스.

마치 상처를 지우개로 지우기라도 하는 것처럼 너무나 신비로운 모습이었다.

한순간에 한유진의 가슴에 생겼던 그 참혹한 상처가 사라지면서 부드러운 새살이 드러났다.

칼에 가슴이 찔린 탓에 옷에 남아 있던 구멍은 없어지지 않았지만 구멍 사이로 보였던 상처는 말끔히 사라졌다.

다만 상처로 인해 한유진이 흘린 피의 흔적이 옷 위에 그대로 남아 있어서 한유진이 칼에 찔렸다는 증거로 남았다.

가슴의 상처를 지운 김동하가 남은 천명의 기운을 한유진의 입으로 가져갔다.

"이제 다시 돌아오십시오, 유진처제."

스스스스스스.

남아 있던 푸른 기운은 마치 또아리를 틀고 있던 뱀의 형체처럼 꾸물거리며 그대로 한유진의 입으로 흘러들어갔다.

잠시의 시간이 흐르자 핏기를 잃은 창백한 얼굴의 한유진의 얼굴에 희미하게 혈색이 피어나기 시작했다.

한종섭과 이은숙은 죽은 한유진의 얼굴에 혈색이 피어나는 것을 보며 입을 벌렸다.

"유, 유진아."

"아아… 유진이가 다시 살아나요."

이미 천명의 기운이 다시 한유진의 몸속을 돌며 생명의 기운을 깨워내는 것이 한종섭과 이은숙 그리고 한유진의 동생들에게도 생생하게 느껴졌다.

잠시 후.

잠을 자듯 누워 있던 한유진이 눈을 번쩍 떴다.

한유진의 눈이 찢어질 듯 부릅떠졌다.

한유진이 살아 있을 때 마지막으로 본 장면은 자신을 칼로 찔렀던 사내의 핏발선 두 눈이었기에 그 순간의 기억이 그대로 남아 있었다.

"어맛."

한유진이 두 손으로 얼굴을 가리며 짧은 비명을 터트렸다.

순간 이은숙이 한유진의 몸을 와락 껴안았다.

"유진아!"

한유진은 정신이 돌아온 상황에서 놀란 표정으로 얼굴을 가리고 있다가 익숙한 엄마의 목소리에 약간 어리둥절한 모습으로 눈을 껌벅였다.

"어, 엄마?"

"그래. 엄마야 흐흐흑."

이은숙은 죽은 한유진이 다시 살아나자 또다시 눈물을 흘렸다.

한유진이 잠시 눈을 껌벅이다가 자신이 처음 보는 낯선 장소에 누워 있다는 것을 깨달았다.

그대 한유진은 아빠 한종섭이 상기된 얼굴로 자신을 내려다보고 있는 것을 보며 입을 열었다.

"아, 아빠!"

한종섭이 살짝 웃었다.

"이제 정신이 드니?"

한유진이 눈을 깜박이다가 자신이 꿈을 꾸는 것이 아니라는 것을 느꼈다.

그런 한유진의 눈에 촉촉하게 젖은 눈으로 자신을 바라보고 있는 언니 한서영과 형부 김동하의 얼굴이 보였다.

"어, 언니 언제 온 거야?"

한유진이 몸을 일으키려다 자신이 딱딱하고 차가운 금속 트레일러 위에 누워 있다는 것을 깨달았다.

"여기 어디야? 지금 무슨 일이 있었던 거야?"

그때였다.

"무슨 일이 있으십니까?"

한쪽에서 강영식의 유족들과 함께 서 있던 조민식이 약간 놀란 얼굴로 다가왔다.

한유진의 시신이 놓였던 트레일러에서 탄성과 함께 약간의 소동이 일어났기에 다가온 것이다.

조민식의 시선이 트레일러에서 반쯤 몸을 일으키고 있던 한유진의 눈과 마주쳤다.

일순 조민식의 눈이 하얗게 까뒤집어졌다.

"귀, 귀신……."

털썩.

조민식은 자신의 눈앞에서 시신이 일어나는 것을 보고, 비록 영안실에서 수없이 많은 시신을 보았음에도 견디지 못하고 정신을 잃어버렸다.

몸을 일으키던 한유진은 조민식이 쓰러지자 놀란 얼굴로 눈을 껌벅였다.

"여기 어디야. 저 사람은 왜 저래?"

한유진은 아직 자신이 죽었다가 김동하의 천능으로 다시 살아난 것을 인식하지 못하고 있었다.

한지은이 입을 열었다.

"여기 영안실이야 언니. 언니는 죽었다가 지금 살아난

것이라고. 형부가 언니를 살려낸 것이란 말이야."

"뭐?"

한유진의 큰 눈이 살짝 커졌다.

한유진은 아파트 앞에서 벌어졌던 그 끔찍한 상황이 자신이 악몽을 꾼 것이라고 착각하고 있었다.

꿈속에서 보았던 그 섬뜩한 칼날이 자신의 몸을 찌르는 것도 현실이 아닌 악몽 속이었다고 생각하고 몸이 반응한 것이다.

"내, 내가 죽었다고? 그럼 그게 꿈이 아니었나?"

한유진의 눈이 커졌다.

자신으로서는 처음 보는 남자들이었다.

그런 남자들이 경비원을 죽이고 자신이 소리를 지르자 자신에게 칼을 찔러 넣었던 너무나 끔찍한 기억들이 모두 현실이었다는 것에 온몸이 떨렸다.

"세상에······."

한유진이 자신의 가슴을 내려다보았다.

자신을 향해 처음 본 남자가 칼을 찔렀던 위치였다.

한유진의 눈이 커졌다. 정확하게 칼에 찔린 부위에 묻은 시뻘건 피가 자신이 칼에 찔렸다는 것이 현실이었다는 것을 가리키고 있었다.

그때였다. 안치실의 분위기가 이상하게 변했다.

경비원 강영식의 시신을 안고 울고 있던 강영식의 유족

들이 모두가 하얗게 질린 얼굴로 이쪽을 바라보고 있었다. 울던 것도 잊어버린 듯 그들의 얼굴은 마치 귀신을 본 것처럼 질려 있었다.

그들로서는 남편 강영식과 같은 안치용 트레일러 위에 누워 있던 한유진이 일어서니 놀랄 수밖에 없었다.

더구나 병원직원이었던 조민식까지 놀라서 정신을 잃고 쓰러진 상황이었기에 더더욱 놀랄 수밖에 없었을 것이다.

경비원 강영식의 딸인 강성희가 눈을 크게 뜨면서 이쪽을 바라보다가 천천히 다가왔다.

강성희의 손끝이 파르르 떨리고 있었다.

한종섭의 가족들이 그런 강성희와 강영식의 가족을 바라보고 있었다. 강성희가 떨리는 목소리로 한유진을 바라보며 입을 열었다.

"시, 실례지만 언니, 지금 다시 살아난 거예요?"

한유진이 눈을 껌벅이며 강성희를 바라보았다.

언뜻 대답하기 곤란한 상황이었기에 한유진이 한서영과 김동하를 바라보았다. 자신이 다시 살아난 연유를 설명해 주는 것은 자신의 몫이 아니고 언니 한서영과 형부 김동하의 몫이라는 것을 알고 있었기 때문이다.

한서영이 물었다.

"그쪽은 누구예요?"

한서영의 물음에 강성희가 대답했다.

"우, 우리 아빠는 다인캐슬 아파트 경비원 강영식이라는 분이세요. 아까 오후에 돌아가셔서 여기에 모셔졌어요."

순간 한유진의 눈이 커졌다.

한유진은 경비원 강영식이 낯선 남자들에게 무참하게 살해되는 광경을 직접 자신의 눈으로 목격했다.

"그럼 그 경비원 분이 저분이세요?"

강성희가 대답했다.

"네."

강성희는 아직도 믿어지지 않는다는 얼굴로 한유진을 바라보았다.

안치실에 들어와 트레일러에 누워 있던 다른 사람의 시신을 훔쳐보는 짓은 하지 않았다. 그럼에도 한유진이 죽은 시신이었다는 것은 느낀 강성희였다.

한유진이 김동하를 바라보았다.

"형부. 저분은 나 때문에 돌아가셨어. 그때 내가 부르지만 않았어도 돌아가시지 않으셨을 거야."

김동하가 담담한 표정으로 대답했다.

"그럼 다시 천명을 돌려 드려야 하실 분이시군요?"

"그렇게 해주면 정말 고맙겠어. 나 때문에 돌아가신 분이시니 다시 살려드리고 싶어."

김동하가 빙긋 웃었다.

"그렇게 하지요."

말을 마친 김동하가 성큼 걸음을 옮겨 강영식이 누워있는 트레일러로 다가섰다. 김동하가 다가오자 놀란 얼굴의 최진희와 강성진이 흠칫 몸을 뒤로 물렸다.

김동하가 부드러운 표정으로 입을 열었다.

"놀라실 필요 없습니다. 이분께 다시 천명을 돌려드리지요."

김동하를 따라 아빠인 강영식의 곁으로 돌아온 강성희가 큰 눈을 껌벅이며 되물었다.

"천명을 되돌려 주신다고요? 그게 뭔가요?"

김동하가 빙긋 웃으며 대답했다.

"다시 가족들에게 돌아오시게 될 겁니다."

말을 마친 김동하가 또다시 입에서 천명의 기운을 흘려보내 손 위에 채웠다. 경비원 강영식은 한유진을 찾아온 사내들이 쇠뭉치를 이용해 머리를 치는 바람에 뒷머리에 치명적인 상처를 입고 절명한 상황이었다.

김동하는 손에 고인 천명의 기운을 강영식의 뒷머리에 흘려 넣어 한순간에 상처를 치료했다.

스스스스스.

김동하의 손에서 믿어지지 않는 신비로운 광경이 펼쳐지는 것을 본 강영식의 가족들은 그야말로 눈앞에서 직접 신을 대하는 느낌이었다.

강영식의 상처가 치료되고 곧장 강영식의 입으로 다시

천명을 불어넣자 누워 있던 강영식도 천천히 의식을 되찾기 시작했다.

"꺅 아빠."

"여, 여보."

"아버지."

안치실에서 강영식의 가족들이 비명과 같은 탄성을 질러 댔다.

강영식이 눈을 뜨며 힘겹게 주변을 두리번거렸다.

"끙, 여기가 어디야?"

강영식은 김동하의 권능으로 천명을 돌려받자 그대로 트레일러 위에서 일어나 앉았다. 경비원 강영식이 다시 살아난 것을 확인한 김동하가 빙그레 웃으며 몸을 돌려 다시 한서영과 한유진이 있는 곳으로 돌아왔다.

한유진이 중얼거렸다.

"형부가 있으면 영원히 죽지 않을 것 같네."

그때였다.

"민식아. 여기 뭐가 이렇게 시끄러운 거야? 고인이 안치된 안치실에서는 절대로 소란을……."

바깥에서 영안실 업무를 보고 있던 김군호가 안치실에서 들려오는 비명소리에 놀라서 안치실로 달려왔다.

김군호의 뒤를 따라 서초경찰서 강력1반 반장 임규현 반장과 김국현 경사도 급하게 뒤를 따랐다.

고인을 만나기 위해 들어간 유족들이 안치실에서 고함과 비명을 지르자 놀라서 달려온 것이다. 그들로서는 증거를 찾아내야 할 시신이 안치된 안치실에서 심상찮은 비명소리가 들리자 정신이 번쩍 든 얼굴이었다.

　안치실로 들어선 김군호는 동료인 조민식이 바닥에 쓰러져 누워 있고 트레일러 위에서 누워 있어야 할 두 구의 시신이 트레일러 위에 일어나 앉아 있는 것을 보며 입을 쩍 벌렸다.

　"이, 이게……."

　김군호의 몸이 부들부들 떨리고 있었다.

　서초경찰서 강력1반 반장 임규현과 김국현 경사도 놀란 얼굴로 안치실의 상황을 바라보고 있었다.

　"이, 이게 뭐야? 어떻게 이런 일이……."

　임규현 반장은 다인캐슬 아파트 101동 엘리베이터 안에서 심장에 칼이 박힌 채 죽어 있었던 한유진을 제일 먼저 확인한 경찰이었다.

　20cm 정도의 예리한 칼날이 칼의 손잡이만 남고 그대로 한유진의 심장에 박혀 있었다.

　발견당시 한유진은 현장에서 즉사를 했을 정도로 치명적이었다는 것을 누구보다 잘 알고 있었다.

　그런 한유진이 멀쩡한 모습으로 트레일러 위에 앉아 있는 것을 보며 온몸에 소름이 돋는 느낌이 들었다.

더구나 한유진뿐만 아니라 사고현장에서 머리에 치명적인 상처를 입고 복도에 등을 기대고 사망했던 경비원 강영식까지 일어나 멀뚱거리는 시선으로 자신을 바라보자 오금이 저릴 정도로 놀랐다.

김군호가 떨리는 음성으로 입을 열었다.

"귀, 귀신이십니까?"

영안실에서 근 15년 이상을 근무했지만 지금과 같은 상황은 들어본 적 없었다.

어디에서 이런 일이 생겼다는 황당한 말에도 코웃음을 치며 단 한 번도 믿은 적이 없었던 김군호였다.

하지만 자신이 근무하는 영안실에서 말도 되지 않는 이런 일이 생기니 온몸이 떨릴 정도로 놀라고 있었다.

한종섭이 머리를 흔들었다.

"귀신도 아니고 잘못 본 것도 아닙니다. 내 딸은 다시 살아났고 저분도 다시 살아나신 겁니다. 다행히 내 사위가 의술에 꽤 실력이 있어서 내 딸과 저분을 살려내신 것이지요."

"세상에……."

김군호가 멍한 얼굴로 입을 벌리다가 바닥에 쓰러진 조민식을 바라보았다.

"이, 이 친구는 왜 이렇게 된 겁니까?"

한서영이 대답했다.

"동생이 다시 살아나니까 놀라서 잠시 정신을 잃은 것뿐이에요. 그러니 놀라실 필요 없어요.”

김군호가 눈을 껌벅이며 바닥에 누워 있는 조민식을 바라보았다. 서초경찰서 강력1반의 임규현 반장이 트레일러 위에 앉아 있는 한유진을 바라보았다.

임규현 반장이 창백한 얼굴로 물었다.

“저, 정말 아까 다인캐슬 아파트에서 칼에 찔리신 분이 맞습니까? 한유진씨 본인이 맞는지 묻는 겁니다.”

한유진이 머리를 끄덕였다.

“네, 제가 한유진이에요.”

“심장이 찔린 것을 내가 봤는데… 칼도 내가 뽑았는데… 현장에서 사망한 것도 내가 확인했는데 이게 어떻게…….”

임규현 반장의 얼굴은 백지장처럼 창백했다.

20cm가 넘는 칼에 심장이 찔려서 사망한 사람이 다시 살아났다는 소식은 들어본 적이 없었다.

하지만 이렇게 자신의 눈앞에서 멀쩡한 모습으로 앉아 있는 것을 보자 믿지 않을 도리도 없었다.

김국현 경사가 놀란 얼굴로 한유진을 보다가 한유진이 걸친 옷의 가슴에 아직도 구멍이 뚫린 핏자국이 보이자 상처의 흔적과 한유진의 얼굴을 번갈아 바라보았다.

가슴에 남은 흔적은 저렇게 멀쩡한 모습으로 앉아 있는 미모의 여인이 한유진이라는 것을 그대로 증명하고 있었다.

“이, 이걸 어떻게 설명해야 할지…….”

시신에서 범죄의 증거를 찾기 위해 찾아왔다가 믿어지지 않는 기적을 목격하게 된 두 형사였다. 한유진은 자신의 심장에서 칼을 뽑아내고 자신의 사망을 확인했다는 임규현 반장의 말을 듣고 살짝 이마를 찌푸렸다.

"혹시 경찰이세요?"

한유진의 물음에 임규현 반장이 잠시 당황한 얼굴로 머리를 끄덕였다.

"예, 서초경찰서 강력1반의 반장 임규현입니다. 이쪽은 강력반 베테랑 형사인 김국현 경사고요. 다인캐슬 아파트에서 일어난 살인사건……."

말을 하던 임규현 반장이 머리를 갸웃했다.

결과적으로 이곳에서 한유진과 경비원 강영식이 다시 살아났으니 살인죄가 성립되지 않아 살인사건이라고 하기도 난감했다.

"아무튼 그 사건을 조사 중입니다. 두 분의 몸에서 증거를 찾으러 찾아왔는데… 허 거참."

말을 하던 임규현 반장이 다시 한유진과 강영식을 바라보았다. 한유진이 급하게 물었다.

"그 사람들 찾았어요?"

자신을 찌르고 경비원 강영식까지 잔인하게 해친 두 명의 사내는 한유진의 기억 속에 생생하게 남아 있었다.

임규현 반장이 잠시 난감한 표정을 짓다가 입을 열었다.

"그게 좀 곤란한 상황입니다. 어떻게 된 것인지 그놈들은 CCTV에도 정확하게 얼굴이 포착되지 않았고 CCTV의 카메라 위치까지 파악하고 있었는지 교묘하게 촬영화각을 벗어나 움직였지요. 또 현장에 남아 있던 증거도 거의 없고 우리로서도 꽤 골치 아픈 사건인 것 같더군요. 그래서 이렇게 두 분을 찾아와 두 분의 시신에서……."

말을 하던 임규현 반장이 또다시 약간 곤혹스런 얼굴로 머리를 갸웃했다.

죽지 않았으니 시신이라고 할 수도 없는 일이기 때문이었다.

임규현 반장이 난감한 얼굴로 입을 열었다.

"두 분의 몸에 당시 범인이 남긴 흔적이나 증거가 있을지 알아보려 왔는데 그럴 필요가 없군요. 허허 이것 참."

한유진이 살짝 이마를 찌푸리며 무언가를 생각하듯 눈을 가늘게 떴다.

이내 한유진이 당시의 상황을 기억한 듯 입을 열었다.

"날 해친 남자는 두 명인데 한 명은 코가 이렇게 꺾인 매부리코에 키가 조금 큰 남자였어요. 다른 한 명은 턱이 좀 각이 진 남자고 덩치는 둘이 비슷했고요. 처음 아파트에 들어설 때 매부리코가 아닌 턱이 각진 남자가 우리 언니에 대해 물었어요."

한유진의 말에 한서영이 눈을 동그랗게 떴다.

"나에 대해 물었다고?"

"응, 세영대학병원의 의사 한서영이 언니냐고 나한테 물었어."

한서영의 눈이 동그랗게 변했다.

김동하의 표정도 굳어지고 있었다.

한유진이 김동하를 바라보며 입을 열었다.

"그 사람들이 형부에 대해서도 물었어. 김동하를 아느냐고 물었어."

김동하의 눈이 좁혀졌다. 한유진이 한서영과 김동하를 바라보며 다시 입을 열었다.

"내가 언니의 동생이고 형부를 아는 게 확인되면 데려가려고 했어. 그때 마침 경비아저씨가 지나가시길래 도움을 청했는데 그 사람들이 다짜고짜 경비아저씨를 해친 거야. 내가 비명을 지르며 고함을 치자 매부리코의 남자가 나한테 칼을 찔렀고… 내가 아는 건 여기까지야."

한유진이 얼굴을 찌푸렸다.

그런 한유진의 말을 임규현 반장과 김국현 경사가 신중한 표정으로 듣고 있었다. 아무것도 모르고 있던 상황에서 드디어 실마리가 풀어지기 시작했다.

그때 김동하로부터 천명을 돌려받아 다시 살아난 경비원 강영식이 입을 열었다.

"그놈들 차가 주차하면 안 되는 곳에 주차되어 있는 것을 보고 다가가다 아가씨가 비명을 지르며 부르는 소리를 들었지요. 두 놈 다 30대 정도로 보이는 젊은 놈들이었는데 한눈에 보아도 평범한 사람들은 아닌 것 같았습니다. 경비원의 직감으로 깡패냄새가 나는 것처럼 느껴지더군요. 그리고 저 아가씨가 아파트에 도착하면 일을 시작하려고 미리 준비를 하고 있었던 것 같습니다."

아파트 경비원으로 몇 년 일하면서 다져온 경비원의 직감이었다. 임규현 반장이 한서영을 보며 물었다.

"방금 동생 분이 말한 세영대학병원의 의사선생님이신가요?"

한서영이 대답했다.

"네 세영대학병원의 인턴 한서영이에요. 유진이 언니죠."

"혹시 의심 갈 만한 사람이 있나요? 한유진씨에게 한서영씨의 동생이라는 것을 확인하고 데려가려고 했다면 그쪽은 한서영씨에 대해 알고 있다는 말이 되니까 말입니다."

한서영이 머리를 흔들었다.

"그럴 만한 사람이 없어요."

한서영의 기억 속에 자신과 김동하의 신분을 알고 있는 사람 중 이렇게 악의적인 감정을 가진 사람은 없다고 확신했다. 자신이나 김동하에게 해를 끼치려고 한 인간들은 김동하가 그냥 내버려 두지 않았을 것이기 때문이다.

임규현 반장이 머리를 갸웃했다.

하지만 어쩐지 한서영이나 한유진과 같은 미모를 가진 여인들이라면 본인들이 예상하지 못한 악의적이고 이기적인 감정을 가진 스토커들이 있을 수도 있을 거라고 생각했다. 임규현 반장이 김동하를 바라보았다.

"한유진씨가 말씀하신 김동하라는 분이신가요?"

한유진이 끼어들었다.

"저의 형부예요. 이름은 김동하가 맞고요."

임규현 반장이 잠시 놀란 듯 눈을 크게 뜨고 김동하를 바라보았다.

"한서영씨의 남편 분이신가요?"

한서영이 나섰다.

"곧 그렇게 될 거예요."

한서영의 대답을 들은 임규현 반장이 김동하를 약간 놀란 얼굴로 바라보았다.

한서영과 같은 미인과 결혼을 하게 되었다는 것은 김동하가 굉장한 행운아라는 것을 증명하기 때문이었다.

김동하는 아무 말도 하지 않고 임규현 반장을 바라보기만 했다. 임규현 반장이 김동하를 보며 입을 열었다.

"김동하씨께서는 혹시 짐작 가는 일이 없습니까? 한유진씨에게 김동하라는 이름을 알고 있는지 확인 차 물었다면 그쪽이 김동하씨를 알고 있을 것이니 말입니다."

김동하가 머리를 흔들었다.

"없습니다."

"……."

임규현 반장이 잠시 날카로운 시선으로 한서영과 김동하를 번갈아 바라보았다.

그때 지금까지 놀란 마음을 추스르지 못한 김군호가 한유진이 앉아 있는 트레일러에 가까이 다가와 한유진의 얼굴이 진짜인지 살펴보았다. 그리고 이내 창백한 얼굴로 경비원 강영식의 얼굴까지 살펴보고 나서 한숨을 불어냈다. 유령이나 귀신이 아니라는 것을 그제야 확인하고 머리를 절레절레 흔들었다.

임규현 반장이 머리를 끄덕이며 입을 열었다.

"알겠습니다. 일단 이정도의 수확만으로도 어느 정도 수사를 진행할 수가 있을 것 같군요."

말을 마친 임규현 반장이 다시 한유진의 얼굴을 살폈다.

"진짜 한유진씨죠?"

그 역시 죽었다가 다시 살아난 한유진이 실제로 존재하는 사람인지 다시 한번 확인하고 싶어진 것이다.

한유진이 피식 웃었다.

"네, 사실이에요."

말을 마친 한유진이 가까이 다가온 임규현 반장의 손을 갑자기 잡았다.

임규현 반장이 놀란 얼굴로 몸을 흠칫거리다가 한유진의 손이 따뜻하고 부드럽다는 것을 느끼며 입을 벌렸다.

"호호 봐요. 사람인 거 확인했죠?"

"허허 이거 내가 귀신에 홀린 것 같군 그래."

임규현 반장은 한유진이 자신의 몸을 건드리자 더 이상 한유진이 다시 살아난 것을 의심하지 못했다.

머리를 흔들며 몸을 돌리던 임규현 반장이 잊었다는 듯이 몸을 돌리며 한 가지를 더 물었다.

"혹시 부영그룹의 천종모 회장이라는 분을 아십니까?"

임규현 반장의 말에 한서영이나 김동하가 눈을 껌벅거렸다. 그런 사람을 알고 있을 이유가 없었기 때문이다.

김동하로서는 해진사형이 속세에서 사용하던 이름을 알지 못했기에 천종모가 해진사형이라고는 꿈에도 생각하지 못했다. 한유진도 부영그룹이라는 회사의 천종모 회장을 알 리가 없었다.

다만 부영그룹이라는 기업이 언급되자 자신도 모르게 아버지의 얼굴을 바라보았다. 한종섭도 부영그룹과는 일푼의 관련이 없었기에 뜬금없다는 표정이었다.

한서영이 물었다.

"그건 왜 물으시죠?"

임규현 반장이 대답했다.

"CCTV를 살펴보다 한유진씨의 사고가 일어난 날 오후

시간에 아파트 사고현장인 101동 앞에 부영그룹의 천종모 회장이 모습을 드러냈더군요. 정황상 무언가를 확인하러 찾아온 것 같았는데 혹시 두 분과 관련된 것이 아닌가 싶어서 물어본 겁니다."

김동하가 잠시 눈을 찌푸리다가 입을 열었다.

"그 천종모라는 사람의 얼굴을 볼 수가 있을까요?"

김동하의 말에 임규현 반장이 약간 난감한 얼굴로 대답했다.

"지금 그 사람의 자료는 없습니다. 아마 인터넷으로 부영그룹에 대해 조사를 해보시면 천종모 회장의 얼굴을 볼 수도 있을지 모르겠군요."

"……."

김동하가 아무 말도 하지 않고 입을 다물었다.

한서영이 김동하를 보며 물었다.

"자기 혹시 뭐 짐작 가는 거라도 있어?"

김동하가 머리를 흔들었다.

"없습니다."

김동하는 천씨라는 성이 주는 묘한 느낌에 이질감을 느꼈다. 그것은 김동하의 본능이었다.

하지만 그것이 김동하에게는 과거에서 현재로 이어진 악연의 매듭을 끊어낼 수 있는 하나의 흔적이라는 것을 김동하 본인도 알지 못했다.

인연(因緣)의 매듭

"어쨌든 다인캐슬 아파트에서 일어난 살인, 아니 그 사건은 이미 경찰에서 사건을 접수하여 수사 중이니 피해자로서 필요한 사항이 있을 때 경찰서에 나와 주셔야 할 것 같습니다."

서초경찰서 강력1반 임규현 반장이 트레일러 위에 앉아 있는 한유진을 보며 입을 열었다.

한유진이 머리를 끄덕였다.

"그럴게요."

한유진은 자신의 가슴을 찌른 사내가 경찰에 잡혀 두 번 다시 누군가를 해치지 않기를 진심으로 바라고 있었다.

임규현 강력반장이 혈색이 완연히 돌아온 얼굴로 멀쩡히
말하고 있는 한유진의 얼굴을 빤히 바라보다가 갑자기 한
유진의 손을 덥석 잡았다.

한유진의 얼굴이 굳어졌다.

"왜 이러시는 거예요?"

임규현 반장이 잠시 한유진의 손을 잡고 눈을 껌벅이다
가 천천히 입을 열었다.

"아직도 믿어지지 않아서 다시 한번 확인하고 싶어서
요."

자신의 눈으로 보았지만 여전히 믿어지지 않는 한유진과
경비원 강영식의 부활이었다.

한유진이 웃었다.

"저 진짜로 멀쩡해요."

"다행이네요. 하긴 이젠 믿지 않을 도리도 없지만."

임규현 반장이 살짝 머리를 흔들었다.

그 모습을 김동하와 한서영이 살짝 미소를 머금은 얼굴
로 바라보았다.

임규현 반장이 한유진의 손을 놓으며 입을 열었다.

"우린 이제 돌아가 봐야 할 것 같습니다. 나중에라도 뭐
다른 것이 생각나시면 이곳으로 연락해 주십시오."

임규현 반장의 손에는 경찰마크가 선명하게 찍힌 명함이
들려 있었다.

조선남자
朝鮮男子 80

한유진이 임규현 반장이 건네는 명함을 받아 들었다.

임규현 반장은 건너편 트레일러에서 자신을 바라보고 경비원 강영식에게도 자신의 명함을 건네고 아직도 얼이 빠진 모습으로 한유진과 강영식을 바라보고 있는 김국현 경사를 이끌고 안치실을 빠져나갔다.

임규현 반장과 김국현 경사가 안치실을 떠나자 한유진이 자신이 캐비닛 속에 안치되어 있었던 트레일러에서 내려왔다.

그때 바닥에 쓰러져 있던 경신종합병원 영안실 직원 조민식이 같은 동료인 김군호가 흔들자 정신을 차린 듯 일어났다.

몸을 일으킨 조민식은 트레일러에서 내려오고 있는 한유진을 보며 입을 쩍 벌렸다.

"귀, 귀신……."

조민식의 얼굴이 하얗게 변했다.

김군호가 혀를 찼다.

"귀신이 아니라 사람이야. 인마. 그리고 그렇게 간담이 약해서 어떻게 영안실 근무를 하냐?"

자신도 심장이 떨어질 정도로 놀랐던 김군호였지만 그때 자신의 옆에는 경찰인 임규현 반장과 김국현 경사가 같이 있었기에 그나마 나았다.

조민식이 눈을 껌벅이며 김군호의 얼굴을 바라보았다.

"사, 사람이라고요?"

"그래."

"이, 이게……."

조민식은 믿어지지 않는다는 듯이 다시 한번 한유진을 바라보았다.

한유진의 가슴에 사건당시 정황을 말해주는 핏자국이 선명한 흔적이 보였다.

하지만 지금 트레일러에서 내려오는 한서영은 너무나 멀쩡한 모습이었다.

바닥에 내려선 한유진은 자신의 몸이 칼에 찔리기 전과 하나도 달라지지 않았다는 것을 느끼며 김동하를 바라보았다.

"형부, 살려줘서 고마워."

한유진에게 이제 김동하는 생명의 은인이 아닌 언니의 천생배필인 형부로 영원히 각인되다.

김동하가 빙긋 웃었다.

"늦지 않게 돌아올 수 있어서 다행입니다."

김동하는 미국에서 한국에 도착한 시간이 한유진에게 다시 생명을 돌려줄 수 있었던 가장 적당했던 시간이었음을 다행으로 생각했다.

행여 한유진의 시신에 생각지 않았던 변수가 발생했다면 한유진의 몸에 천명의 권능을 불어넣어 다시 살아난다고

해도 과거와는 다른 모습으로 회생하는 일이 발생했을지도 모른다.

한유진이 트레일러에서 내려서자 이은숙이 한유진의 손을 꼭 잡으며 토닥였다.

"다행이다 다행이야."

이은숙은 사위인 김동하로 인해 둘째딸 한유진이 다시 살아난 것이 무엇보다 반갑고 안심이 되었다.

천금의 보물을 안겨주어도 이렇게 자신이 손을 잡고 있는 딸의 목숨과는 바꿀 수는 없는 일이었다.

그런 딸을 다시 돌려준 사위 김동하가 너무나 고마웠다.

이은숙이 진심으로 감사하고 고마워하는 얼굴로 김동하를 물끄러미 바라보았다.

막 정신이 들어 바닥에서 몸을 일으켜 자신을 부축하고 있는 김군호와 함께 한유진을 바라보는 조민식의 벌어진 입에서 침이 고여 흘러내리고 있었다.

"고맙습니다. 정말 고맙습니다."

경비원 강영식의 가족이 연신 김동하의 손을 잡으며 이마를 숙였다.

죽었던 남편이자 아버지가 다시 살아난 것이 지금도 믿어지지 않을 정도로 충격적이었다.

서초경찰서의 임규현 반장과 김국현 경사가 영안실에서

죽은 사람이 다시 살아난 기적을 목격하고 돌아간 이후 영
안실을 나선 한유진의 가족과 경비원 강영식의 가족은 병
원의 영안실 앞쪽 주차장에서 작별을 하고 있었다.

강영식의 아내 박진희가 너무나 간절한 얼굴로 김동하의
손을 두 손으로 움켜쥐었다.

평생 가족을 위해 고생만 하다가 참으로 안타깝게 세상
을 떠나야 했던 남편이 다시 살아난 것은 최진희에겐 그
어떤 것보다 소중하고 감사한 선물이었다.

남편을 다시 자신에게 돌려준 김동하는 이제 그녀에겐
평생의 은인이었다.

강영식의 아들과 딸들도 얼굴 가득 진심으로 감사하는
표정을 담고 김동하를 바라보고 있었다.

김동하가 난처한 얼굴로 강영식의 가족을 바라보다가 입
을 열었다.

"앞으로 두 번 다시 그런 불행한 일은 당하지 않으실 겁
니다. 그러니 돌아가셔서 가족들과 함께 다시 행복하게 지
내시기를 바랍니다."

강영식의 딸 강성희가 김동하를 바라보며 인사를 했다.

"아빠를 살려주셔서 감사해요."

김동하가 말없이 미소를 머금었다.

이런 식으로 인사를 하다간 밤이 새도록 작별인사를 해
야 할 판이었다.

보고 있던 한서영이 그런 김동하의 마음을 읽었는지 끼어들었다.

"이제 그만 돌아가 보세요. 많이들 놀라셨을 테니 돌아가셔서서 좀 추스르시는 것이 좋을 것 같네요."

한서영의 말에 강영식의 가족들이 아쉬워하는 얼굴로 한서영에게 반례를 했다.

이어 김동하에게 다시 한번 인사를 하고 강영식과 함께 경신종합병원의 영안실 앞을 떠났다.

김동하에게 천명을 돌려받아 다시 살아난 강영식이 주차장을 떠나며 머리를 돌려 김동하와 한서영의 가족들을 돌아보았다.

김동하로 인해 다시 살아났지만 정작 자신을 살려준 김동하에게 어떻게 인사를 해야 할지 모를 만큼 마음으로 감사해 하는 표정이 얼굴에 떠올라 있었다.

하지만 그것도 큰 문제가 되지 않을 것임을 알고 있었다.

강영식은 자신과 함께 변을 당했던 한유진이 다인캐슬 101동 2107호의 주민이라는 것을 알고 있었다.

나중에라도 다시 감사인사를 할 기회가 있기에 아쉽지만 이렇게 이곳에서 헤어지는 것도 나쁘지 않았다.

경비원 강영식의 가족들이 돌아가자 그제야 한유진의 가족도 돌아갈 준비를 했다.

이은숙이 김동하와 한서영을 보며 입을 열었다.

"너희들도 오늘은 아파트로 돌아가지 말고 엄마와 아빠랑 함께 있어. 너희들에게 들어야 할 것도 있고 유진이도 왠지 불안해서 동하가 곁에 있어 줬으면 좋겠어."

이은숙은 김동하와 한서영이 한서영의 아파트로 돌아가면 다시 한유진에게 나쁜 일이 생길 것 같아 불안했다.

한서영이 머리를 끄덕였다.

"그럴게요."

엄마의 제안을 수락한 한서영이 김동하의 손을 꼭 잡았다.

그것을 지켜보던 한종섭이 가족들이 모르게 안도의 한숨을 불어내고 있었다.

* * *

"이런 미친놈이······."

이종걸이 난감한 표정으로 머리를 숙이고 있는 김태춘을 바라보았다.

서울 강동구 둔촌동의 보훈병원에서 몇 블럭 떨어진 곳에 위치한 '세류요'라는 룸살롱의 특실 안은 살벌한 분위기였다.

테이블 위에는 서너 병의 양주와 맥주병이 놓여 있었고 마른안주와 과일이 세팅이 되어 있었지만 정작 술병은 손

86

도 대지 않고 있었다.

이종걸이 한숨을 내쉬며 김태춘과 양인석을 바라보았다.

김태춘과 양인석을 보내 한서영의 동생인 한유진을 이곳으로 데려오라고 시킨 장본인이 바로 이종걸이었다.

이종걸은 부산에서 서울 잠실로 본사를 이전한 부영그룹 특수사업부 소속 운영1팀의 팀장이다.

부영그룹의 사업체 대부분이 부산에 있었지만 인천의 유한컨티넨털 호텔을 인수하고 이어서 서울 방이동의 3성급 호텔 프로방스라는 12층짜리 호텔까지 인수해서 유한컨티넨털 호텔과 연계운영을 시작했다.

뒤이어 그다지 지명도가 없는 제3금융의 가회캐피탈이라는 중소규모의 금융회사를 인수해서 부영그룹의 영역을 확장했다.

부영그룹의 회장인 천종모의 지시로 부영그룹의 본사사옥으로 매입한 곳은 잠실에 위치한 22층짜리 건물이었다.

매물로 나온 지 꽤 오래된 건물이었지만 인수자가 나타나지 않았던 악성매물인 건우빌딩을 천종모가 400억 원에 인수한 것이었다.

지은 지 30년이 넘은 건우빌딩은 리빌딩을 해야 할 정도로 낙후하고 오래된 고건물이었지만 그곳이 서울로 본사를 이전한 부영그룹의 본사 사옥으로 낙점이 되었다.

본사사옥이 결정되자 부영그룹의 홈페이지를 새롭게 고치고 부산을 기반으로 운영되던 사업을 서울로 옮겼음을 공지했다.

　본사사옥을 확정한 부영그룹은 그룹의 영역을 확장하기 위해서 기존의 운영체계를 대폭 개편하여 해진의 아들인 권휘가 운영하고 있는 부영상사의 휘하에 모두 4개의 운영팀을 구성했다.

　4개의 팀으로 구성된 운영팀은 서울과 경기도를 비롯하여 경기도 전역에서 부영그룹으로 흡수합병 할 기업을 조사하기 위해 꾸려졌다.

　동시에 인천의 태명그룹과 연계하여 서울과 경기도 전역에 부영그룹의 영역을 확장할 계획까지 구성되었다.

　태명그룹의 박기출 회장은 자신의 눈으로 부영그룹의 해진과 권휘의 엄청난 힘(?)을 목격한 이후 해진이나 권휘의 명이라면 죽는 시늉까지 낼 정도로 복종했다.

　표면상으로는 인천의 태명그룹과 해진의 부영그룹이 상당히 우호적인 관계로 보이겠지만 내면으로는 태명그룹의 박기출 회장이 해진의 기세에 눌려 맹종을 하고 있는 상황이었다.

　그런 부영그룹의 운영1팀에 권휘의 지시가 떨어진 것은 하루 전인 어제 오후였다.

　김동하가 가진 천명을 권능을 자신의 것으로 만들기를

원하는 해진은 김동하가 미국에서 돌아오는 것을 기다리기만 하는 것에도 초조함을 드러냈다.

이제 김동하의 위치를 알아낸 이상 천명의 권능을 김동하의 몸에서 자신의 몸으로 옮기는 것은 시간문제일 뿐이라고 생각한 해진이었다.

그리고 그것을 수월하게 만들기 위해서는 김동하의 약점을 건드리는 것이 최고라고 여겼다.

때문에 김동하와 함께 살고 있는 한서영의 동생 한유진을 이용하는 것을 생각해 낸 것이다.

김동하에게 사람의 생명을 좌우하는 천명의 권능이 담겨 있는 것을 알고 있는 해진은 일반적인 위협으로는 김동하가 쉽게 응하지 않을 것임을 알고 있었다.

즉 일반적인 방법으로 생명을 빼앗는다고 해도 김동하가 가진 천명의 권능으로 다시 살려낼 수 있을 것이다.

그렇다면 김동하가 천명의 권능을 쓸 수 없는 상황을 만들면 김동하가 굴복하게 될 것이었다.

그리고 그것을 위해서는 반드시 한서영의 동생인 한유진이 필요했기에 아들 권휘를 시켜 한서영의 동생인 한유진을 자신에게 데려오라고 시켰다.

아버지의 지시를 받은 권휘는 자신의 휘하에 있는 운영1팀의 이종걸에게 그 임무를 지시했다.

권휘의 지시를 받은 이종걸은 자신의 부하들 중 몸이 날

래고 눈치가 빠른 김태춘과 양인석을 보내 한유진을 데려
오라고 했다.

팀장의 지시를 받은 김태춘과 양인석은 자신들의 부하들
5명과 함께 반포의 다인캐슬에서 기다리다 한유진과 마주
쳤다.

그런데 생각지도 못한 상황에서 일이 엉뚱한 방향으로
틀어졌다.

그리고 그 일이 틀어진 것을 지금에서야 보고를 하는 중
이었다.

김태춘과 양인석은 자신들이 한유진을 데려오기 위해 이
용했던 차를 강원도까지 내려가 버리고 돌아오는 길이었
다.

일이 실패한 것이 미안했던 두 사람은 팀장인 이종걸에
게 전화로 보고조차 하지 못하고 직접 대면해서 보고하는
중이었다.

운영1팀장인 이종걸이 손으로 이마를 짚었다.

화를 내고 있는 권휘의 얼굴이 머릿속에 그려지고 있었
다.

이종걸이 이를 악물었다.

"내 실수였다. 손끝 하나 건드리지 말고 조용히 데려오
라고 지시해야 했는데……."

이종걸은 한유진을 그냥 데려오라고 지시를 내렸을 뿐

디테일한 상황은 따로 지시를 하지 않았다.

그저 몸이 빠르고 눈치가 빠른 김태춘과 양인석이라면 연약한 한유진 정도는 쉽게 데려 올 수 있을 것이라고 판단했다.

그런데 이 몸이 빠른 김태춘이라는 놈은 빨라도 너무 빠른 놈이었다.

한유진이 생각지도 못한 반응을 보이자 아예 한유진을 죽여버리고 돌아온 길이었다.

한유진의 가슴을 칼로 찌른 매부리코의 김태춘이 머리를 숙였다.

"죄송합니다. 형님. 그년이 생각지도 않게……."

김태춘이 변명을 하자 이종걸이 이마를 찌푸리며 김태춘을 쏘아보았다.

이종걸의 입이 열렸다.

"미친놈아. 그렇다고 그 자리에서 계집을 죽여? 그리고 경비원은 또 왜 죽여? 뉴스에도 나왔다며?"

이종걸은 텔레비전을 잘 보지 않는다.

그 때문에 반포의 아파트에서 벌어진 살인사건에 대해서는 지금에서야 알게 되었다.

더구나 밤 9시 뉴스에서 보도될 정도라면 지금쯤 경찰들이 전담팀을 꾸려 수사에 들어갔을 것은 너무나 당연한 일이었다.

아파트 단지에서 젊은 여자와 경비원 두 명이 참혹하게 죽었다는 소식은 상당히 강력한 범죄로 국민들에게 특종으로 보도될 만큼 충격적인 뉴스였을 것이다.

김태춘이 다시 머리를 숙였다.

"면목이 없습니다."

이종걸이 머리를 흔들었다.

"시벌 내가 직접 갔어야 했는데 이런 머저리들을 보냈으니… 이거 사장님이 아시면 난리가 날 텐데. 끄응."

이종걸의 입에서 앓는 소리가 흘러나왔다.

김태춘과 양인석은 아무 말도 할 수가 없었다.

이종걸이 이마를 손으로 만지며 자신의 앞에 놓인 술병을 들어 술잔에 따랐다.

쪼르르르—

이종걸이 자신의 손으로 술잔에 술을 따르는 모습을 본 김태춘이 급하게 이종걸의 손에서 술병을 뺏어 자신이 따라주려고 했다.

하지만 이종걸이 손을 흔들어 그것을 거부했다.

룸살롱 세류요의 여급도 들이지 않은 특실룸이었다.

아마 지금쯤 세류요의 마담이 이곳 특실의 상황에 신경을 바짝 곤두세우고 있을 것은 당연했다.

지금 테이블 위에 세팅 된 주대만 해도 100만원이 훨씬 넘는 가격이었다.

이런 자리에 여급이 앉으면 당연히 매상은 2배 3배 이상으로 뛰게 되는 것이 상식이었다.

이종걸은 한유진을 데려오기로 했던 김태춘과 양인석이 돌아오면 보상으로 이곳에서 술을 사줄 생각이었다.

투명한 언드락스 잔에 갈색의 술이 채워지자 이종걸이 단숨에 들이켰다.

그때였다.

띠리리리릿—

이종걸의 전화벨이 울렸다.

이종걸이 이마를 찌푸리며 전화기의 화면을 바라보자 곽여진이라는 이름이 떠올라 있었다.

순간 이종걸의 입술이 잘근 깨물렸다.

곽여진은 부영상사 사장 권휘의 비서로서 실질적으로는 권휘의 내연녀와 같은 여자였다.

비서로서의 업무보다는 권휘의 시중을 들어주는 최측근의 여자라고 할 수 있었다.

이종걸이 잠시 망설이다가 이내 전화를 받았다.

"이종걸입니다."

대답을 하는 이종걸의 얼굴에는 살짝 긴장하고 있는 표정이 떠올랐다.

이종걸의 귀에 살짝 가라앉은 여자의 목소리가 들렸다.

—사장님께서 팀장님이 언제 들어오실 거냐고 물으세요.

이종걸의 눈이 질끈 감겼다.

권휘가 한유진이 도착하면 그대로 자신에게 데려오라고 지시했던 것이 다시 상기되었기 때문이다.

지금 권휘가 머물고 있는 곳은 새롭게 인수한 프로방스 호텔의 특실이라는 것을 잘 알고있는 이종걸이었다.

이종걸이 잠시 이를 악물었다가 입을 열었다.

"사장님께 보고를 드릴 내용이 있는데 사장님을 바꿔 주시겠습니까?"

─사장님을 직접 바꿔달라고요?

"그렇습니다."

이종걸의 이마에 진땀이 솟아나고 있었다.

그 모습을 본 김태춘과 양인석의 얼굴이 굳어졌다.

이종걸이 손으로 이마를 만지자 손바닥에 흥건하게 물기가 묻어 나왔다.

그때 굵직한 남자의 목소리가 울렸다.

─나야. 보고할 내용이 뭐지? 그보다 한유진은 확보한 것인가?

전화기를 통해 건너오는 목소리는 이종걸에게는 그야말로 신과 같은 보스 권휘의 목소리였다.

이종걸이 다급한 얼굴로 입을 열었다.

"사, 사장님."

─급한 일이 아니면 내일 회사에서 보고해. 그리고 한유

진은 어떻게 되었어?

　이종걸이 힐끗 김태춘과 양인석을 바라보았다.

　그들은 아예 머리를 숙이고 이종걸의 얼굴을 바라보지 못하고 있었다.

　이종걸이 이를 악물며 입을 열었다.

　"아무래도 그 일이 좀 틀어진 것 같습니다."

　─틀어지다니?

　"한유진을 데리러 갔던 팀원들이 실수를 한 것 같습니다."

　─실수?

　"그게……."

　잠시 말을 얼버무리던 이종걸이 눈을 질끈 감고 입을 열었다.

　"한유진이 사망했습니다. 사장님, 죄송합니다."

　─…….

　"제가 직접 갔어야 했는데 아무래도 제 팀원들이 서툴게 일을 처리하다 보니 일이 틀어지게 된 것 같습니다. 면목이 없습니다."

　─자세하게 설명해 보겠나?

　의외로 권휘의 목소리는 차분했다.

　이종걸이 잠시 눈을 깜박이다가 조금전에 김태춘에게 들었던 당시의 상황을 자세하게 다시 설명했다.

권휘는 단 한마디도 하지 않고 이종걸의 설명을 모두 들었다.

이내 이종걸의 설명이 끝났다.

권휘의 목소리가 전화기를 타고 건너왔다.

—그러니까 갑작스런 상황에서 얼떨결에 한유진의 가슴을 찔러서 죽였다는 말이로군? 경비원은 그 와중에 벌어진 돌발 상황이고?

"예, 밤 9시 뉴스에 나올 정도로 시끄러웠던 상황이니 아마 당분간 팀원들을 부산 쪽으로 내려 보내야 할 것 같습니다."

—어쩔 수 없는 일이지. 의도하지 않은 일에 돌발적으로 발생한 상황을 문책하는 것도 우스운 일이겠지. 하지만 회장님께서 좀 실망하실 것 같군.

화를 낼 줄 알았던 권휘의 목소리는 의외로 차분하고 나직했다.

이종걸이 손으로 이마를 닦으며 입을 열었다.

"한유진 작업에 투입되었던 팀원들은 모두 감봉처분하고 부산으로 발령하겠습니다. 저 역시 감봉처분의 징계를 받겠습니다."

—그럴 필요 없어. 대신 내일 아침 출근하면 이팀장이 그 친구들 데리고 내 사무실로 와.

이종걸이 눈을 질끈 감았다.

차라리 징계라면 마음이 편하겠지만 내일 아침 권휘의 사무실로 들어오라는 것은 단순한 징계로 끝나지 않는다는 것을 의미했다.

이종걸이 두려움이 가득한 얼굴로 입을 열었다.

"알겠습니다."

—그럼 내일 보지.

딸칵.

전화가 끊어졌다.

이종걸이 땀으로 번들거리는 얼굴을 들어 김태춘과 양인석을 바라보았다.

"내일 아침 너희들을 데리고 사장실로 들어오라는 지시다. 이게 무슨 뜻이겠냐? 단순한 징계로 끝나지 않을 거라는 의미다."

이종걸의 말에 김태춘과 양인석의 얼굴도 딱딱하게 굳었다.

불안한 표정을 드러낸 김태춘과 양인석의 얼굴을 본 이종걸이 한숨을 불어내듯 입을 열었다.

"내일 일은 내일 맞이하면 된다. 너무 걱정할 필요는 없어. 부산에서 부영회가 만들어지기 전부터 사장님을 모셔온 우리들이니 그렇게 심하게 처분하진 않으실 거다. 밖에 애들 부르고 술이나 먹자."

이종걸이 김태춘과 양인석의 앞에 놓인 잔에 술을 따랐다.

양인석이 일어나 특실의 맞은편 룸에서 대기하고 있던
부하들을 특실로 불러들였다.

이번일에 김태춘과 양인석을 도와 작업에 나섰던 부하들
이었다.

그들은 김태춘과 양인석이 이종걸 팀장에게 혼나는 것을
볼 수가 없었기에 바깥에서 대기 중이었다.

방안으로 바깥에서 대기하고 있던 부하들 다섯 명이 들
어서자 이내 소파가 꽉 찬 느낌이 들었다.

방으로 들어선 부하들은 이종걸의 눈치를 살폈다.

이종걸이 방안으로 들어선 부하들을 훑어보며 입을 열었
다.

"주눅들 것 없어, 비록 일은 실패했지만 어쨌든 수고했
어. 앉아서 술이나 마셔라."

말을 마친 이종걸이 새로 들어선 사내들의 잔에도 술을
채워주었다.

잔에 술을 채워준 이종걸이 자신의 옆에 걸려 있는 내실
용 인터폰을 집어 들었다.

"마담, 애들 들여보내."

―네, 바로 준비해 드리겠습니다.

인터폰을 통해 들려오는 마담의 목소리에는 이곳 안쪽의
분위기와는 달리 잔뜩 흥이 담겨 있었다.

인터폰을 다시 벽에 걸어놓은 이종걸이 물끄러미 부하들

을 바라보았다.

부산의 온천장에서 조직생활을 할 때부터 같이 생활했던 부하들이다.

지금까지 숱하게 많은 일들을 겪어왔다.

권휘와 해진을 만나면서 조직생활에서 떠나 제법 사람답게 살게 된 그들을 이런 일로 나무랄 수만은 없었기에 오히려 임무에 실패하고 주눅이 든 그들이 애처롭게 느껴졌다.

똑똑.

문에서 노크소리가 들린 후 응답도 하기 전에 문이 열렸다.

이내 열린 문으로 짙은 화장을 한 여급들이 뇌쇄적인 옷차림으로 방 안으로 들어서기 시작했다.

세류요의 특실에 순식간에 10여 명의 남녀들이 들어차자 이내 분위기가 후끈 달아올랐다.

경직되어 이종길의 눈치를 살피던 김태춘과 양인석을 비롯해서 새로 방 안으로 들어선 사내들의 얼굴에 비로소 희미하지만 미소가 떠오르기 시작했다.

* * *

"그게 정말이세요?"

한서영이 놀란 얼굴로 아버지 한종섭을 바라보았다.

한종섭이 머리를 끄덕였다.

"그래 정말이다. 토마스 레이얼 회장이 자신의 생명을 다시 살려준 대가로 32억달러라는 거금을 보상으로 보내 왔다. 서영이 너와 동하에게는 생색을 내는 것으로 비칠까 말을 하지 않았던 것이지."

한종섭이 약간 상기된 얼굴로 한서영과 김동하를 바라보았다.

한서영이 살고 있는 다인캐슬이 아니라 한서영의 본가인 신사동의 스카이캐슬 아파트 거실에서 오랜만에 가족이 모두 모여 둘러앉아 도란도란 이야기를 나누는 풍경이었다.

병원의 영안실에서 다시 살아난 한유진은 자신의 피가 묻었던 옷을 벗고 새로운 옷으로 갈아입고 있었다.

다만 거실에 모인 사람들 중에는 한종섭의 유일한 아들이자 막내인 한강호의 모습은 보이지 않았다.

한종섭의 가족들과 김동하는 아파트의 거실에 빙 둘러앉아서 이야기를 나누는 중이었다.

한유진이 입을 열었다.

"언니, 32억 달러라는 돈이 얼마나 큰지 계산해 봤어?"

한유진은 김동하에 의해 다시 살아난 이후 예의 그 생기 발랄한 모습을 되찾았다.

한서영이 한유진을 바라보며 머리를 흔들었다.

"그런 돈은 실감이 나지 않아."

한유진이 살짝 웃으면서 대답했다.

"정확하게 지금의 환율로 계산해 보면 3조 8,284억 8,000만원이야. 이제 언니와 형부는 우리 대한민국에서 그 누구도 부럽지 않은 재벌이란 말이지 호호."

한유진의 말에 한서영이 입을 살짝 벌렸다.

한종섭이 다시 입을 열었다.

"그 외에 네 엄마가 오해한 부분인 레이얼 시스템과의 합작자금으로 12억불이 따로 보내졌다. 그것으로 아빠의 서진무역과 미국의 레이얼 시스템이 새로운 합작회사를 출범하게 된 거다. 물론 아빠가 부담해야 할 자금은 서영이와 동하의 보상금 중에서 13억불을 차용하여 사용한 것이고, 그 자금만큼 서진인터내셔널의 지분을 너희들에게 양도할 생각이다."

한종섭은 아내와 둘째딸이 오해했던 서진인터내셔널이 탄생하게 된 배경까지 모두 설명했다.

이은숙은 남편이 토마스 레이얼 회장에게 받은 딸과 사위의 보상금을 이용해서 서진인터내셔널이라는 새로운 기업이 탄생하게 되었다는 내용과 보상금의 내역을 모르는 딸에게 미리 말을 할 수가 없었던 상황을 진중하게 들으며 남편에게 피치 못할 사정이 있었다는 것을 이해했다.

이은숙이 끼어들었다.

"그렇다고 해도 나한테는 미리 말씀을 해 줄 수 있었잖아요?"

이은숙이 서운하다는 표정으로 남편 한종섭을 바라보았다.

한종섭이 겸연쩍은 표정으로 웃었다.

"회사 일을 가지고 당신에게 설명하는 것이 익숙하지 않기도 했지만, 아무것도 모르는 서영이와 동하의 돈을 내 임의로 차용하여 쓴 것을 차마 당신에게 말을 할 수가 없었어. 다만 서영이와 동하라면 내가 그런 결정을 하게 된 것을 이해해 줄 거라고 생각했기에 서영이와 동하가 돌아오면 먼저 아이들에게 말하고 당신에게 설명해 줄 생각이었지."

이은숙이 눈을 살짝 흘겼다.

"아무리 그래도 난 당신의 아내잖아요. 아이들은 몰라도 나한테는 귀띔이라도 해주시는 것이 당연해요."

아내의 지청구를 들은 한종섭이 쓸쓸한 표정으로 웃었다.

한서영이 입을 열었다.

"나와 동하는 그런 큰돈은 필요 없어요. 그건 아빠와 엄마가 사용하셔도 좋아요."

한서영의 말에 한종섭이 머리를 흔들었다.

"그건 엄격히 말하면 동하가 가진 특별한 신의 힘으로 얻게 된 돈이다. 그러니 당연히 동하의 돈이며 동하의 아내인 서영이 너의 돈이기도 해. 아빠는 어쩔 수 없이 그 돈을

차용했지만 나중에라도 그 돈은 다시 너희에게 돌려줄 생
각이야. 그러니 엄마와 아빠에게 부담 갖지 말고 너희 마
음대로 사용해도 된단다. 내일 회사에 출근하면 서진화 과
장이 서영이 너의 계좌로 남은 돈을 보내 줄 것이다."

한종섭의 표정은 단호했다.

한서영이 난감한 얼굴로 아빠의 얼굴을 바라보았다.

그때였다.

"매형, 찾았어."

한강호가 자신의 방에서 노트북을 들고 거실로 나왔다.

한강호가 인터넷으로 교육방송에서 진행하는 온라인 수
업을 듣는 노트북이었다.

김동하가 머리를 돌려 한강호를 바라보았다.

다른 사람들의 시선이 전부 한강호에게로 향했다.

한서영이 물었다.

"뭔데 그래?"

한강호가 힐끗 김동하를 바라보다가 한서영을 바라보며
입을 열었다.

"아까 매형이 집에 돌아오면서 나한테 부영그룹과 천종
모 회장이라는 사람을 인터넷에서 찾을 수 있을지 물어봤
어. 그래서 찾아본 거야."

한강호의 말에 한서영이 눈을 깜박이며 김동하를 바라보
았다.

"부영그룹은 왜? 아는 곳이야?"

한서영의 말에 김동하가 담담한 얼굴로 한서영을 바라보며 입을 열었다.

"아까 병원에서 천종모라는 이름을 듣는 순간 영문을 알수는 없지만 좀 거북한 느낌이 들었습니다. 그래서 알아볼생각으로 강호처남에게 부탁한 것입니다."

"그, 그래?"

한서영이 눈을 깜박였다.

자신이 알고 있는 한 김동하는 이곳에서 친분을 맺거나인연을 맺은 사람은 몇 명 되지 않았다.

그런 김동하가 부영그룹과 천종모 회장이라는 사람에게관심을 갖는 것이 의외라는 생각이 들었다.

한강호가 김동하의 앞에 노트북을 내려놓자 모두가 노트북에 시선을 고정했다.

한눈에 노트북의 내용을 살펴본 한유진이 입을 열었다.

"뭐야? 부산에 본사를 두었다가 근래 서울로 본사를 이전한 곳이네. 부영수산. 부영상사, 부영캐피탈……."

한유진은 노트북의 애정화면에 떠올라 있는 부영그룹의실상을 살펴보았다.

"부평의 유한컨터넨털 호텔, 방이동 프로방스호텔. 가회캐피털……."

노트북의 화면에는 부영그룹의 계열사들이 상세하게 적

혀 있었고 부영그룹의 모태가 20년 전 부산에서 태동한 부영회라는 설명까지 곁들여져 있었다.

김동하는 말없이 부영그룹의 내역을 바라보고 있었다.

자신과는 아무것도 연관되지 않은 회사였다.

다만 회사를 설명하는 홈페이지에는 아직 부영그룹의 천종모 회장에 대한 정보는 나오지 않았다.

한강호가 부영그룹의 홈페이지 화면의 옆에 설치된 스크롤을 눌러 아래로 내리자 이내 한 명의 얼굴이 화면에 떠올랐다.

강퍅하고 고집스러운 얼굴로 정면을 바라보고 있는 양복 차림의 60대 노인이었다.

순간 김동하의 표정이 굳어졌다.

"해, 해진."

김동하의 입에서 나직한 침음성이 흘렀다.

비록 나이는 먹은 얼굴이었지만 김동하로서는 절대로 잊을 수 없는 얼굴이 화면에 떠올라 있었다.

검은색의 양복에 넥타이를 걸친 해진은 과거의 모습과는 다르게 머리칼이 자라 있었고 얼굴은 좀 더 살이 빠져 있었다.

하지만 그가 둘째 사숙인 해진이라는 것을 김동하는 단숨에 알아보았다.

한서영이 놀란 얼굴로 김동하를 바라보았다.

"아는 사람이야?"

한서영이 물었지만 김동하는 노트북의 액정화면에 떠올라 있는 해진의 얼굴에서 전혀 시선을 떼지 못하고 있었다.

해진의 사진 아래 천종모 회장이라는 글씨가 선명하게 적혀 있었다.

한종섭도 갑자기 김동하가 경직된 모습을 보이자 놀란 듯 김동하를 바라보았다.

"아는 사람인가?"

한유진도 눈을 깜박이며 김동하를 바라보았다.

"형부가 어떻게 부흥그룹의 회장님을 알아? 이 사람과도 친분이 있는 거야?"

한서영이 끼어들었다.

"해진이라는 말이 무슨 뜻이야? 방금 동하가 이분을 보고 해진이라고 그랬잖아."

김동하가 대답 대신 한강호를 보며 입을 열었다.

"다른 사진도 볼 수 있을까?"

한강호가 머리를 끄덕였다.

"예, 매형."

한강호가 다시 스크롤을 내리자 이내 몇 명의 얼굴사진이 떠올랐다.

부영그룹의 계열사 사장들과 중요임원들의 얼굴이었다.

그중 부영상사의 사장 얼굴이 김동하의 눈에 들어왔다.

김동하의 눈이 커졌다.

"권휘."

김동하의 눈에 해진처럼 양복을 걸치고 살짝 미소를 머금고 정면을 바라보고 있는 40대의 남자 얼굴이 들어왔다.

김동하로선 절대로 잊을 수 없는 해진의 아들 권휘였다.

비록 과거와는 달리 얼굴이 조금 달라지긴 했지만 그 표독스럽고 교활해 보이는 인상과 골격은 여전했기에 단번에 권휘의 모습을 알 수가 있었다.

김동하가 권휘를 본 것은 어릴 때 동생 종희가 군마청에서 뛰쳐나온 미친말의 말굽에 머리를 다쳐 절명한 것을 천명의 권능을 이용해 살려준 이후 해진과 함께 자신의 본가로 들이닥쳤을 때였다.

당시의 권휘는 관복을 걸친 젊은 무관의 차림이었다.

훗날 스승인 해원스님으로부터 그가 해진사숙의 파계행적으로 인해 얻게 된 해진의 아들이라는 설명을 들었다.

그 때문에 권휘가 해진의 아들이었다는 것을 알게 된 것이다.

권휘의 사진 아래 천권휘라는 이름이 선명하게 적혀 있었다.

김동하의 눈빛이 파르르 떨렸다.

해진과 권휘가 이곳에 와 있을 것이라고는 꿈에도 생각하지 못했던 김동하였다.

한서영이 다소 굳은 얼굴로 김동하를 바라보며 다시 물었다.

"해진은 뭐고 권휘는 또 뭐야? 이 사람들 알아?"

한서영의 물음에 김동하가 한서영의 얼굴을 바라보았다.

김동하의 표정은 딱딱하게 굳어져 있었다.

천공불진을 열고 500년의 시간을 뛰어넘어 이곳에 도착한 이후 처음으로 보는 김동하의 또 다른 표정이었다.

한종섭도 약간 놀란 얼굴로 김동하를 바라보다 다시 물었다.

"동하 자네가 아는 사람인가?"

이미 시간은 자정을 넘긴 시간이었지만 그 누구도 졸린 표정이 아니었다.

지켜보던 한서영의 셋째동생 한지은이 약간 놀란 얼굴로 물었다.

"형부, 아빠가 묻잖아요?"

한지은의 말에 김동하가 눈을 깜박이다가 대답했다.

"해진은 저의 둘째 사숙입니다. 권휘는 사숙의 아들이고요."

"뭐?"

"뭐라고?"

김동하의 말에 한종섭 회장의 가족들이 놀란 얼굴로 김동하를 바라보았다.

한서영이 다급하게 물었다.

"그럼 동하 외에 이 사람들도 그 천공불진이라는 것을 통해 시간의 벽을 넘었다는 거야?"

김동하가 눈을 감았다가 뜨며 입을 열었다.

"제가 스승님과 막내사숙이 만들어주신 천공불진의 공간에 들어갔을 때 불진이 있는 곳으로 해진사숙이 막 도착했습니다. 아마 제가 불진의 공간을 열어 시공의 벽을 넘어가자 해진사숙이 스승님과 막내사숙을 겁박해서 또다른 천공불진을 만들었던 것 같습니다."

김동하는 단번에 해진과 권휘가 이곳에 나타나게 된 이유를 직감했다.

천성이 사악하고 간악한 해진사숙이라면 스승인 해원스님과 막내 해인사숙을 협박해서 기어코 또다른 천공불진을 만들었을 것이라고 예상했다.

스승이 거절하면 막내 해인사숙을 해치겠다고 협박했을 것이었고 스승님은 그것을 견디지 못했을 것이다.

한종섭이 눈을 껌벅이며 중얼거렸다.

"허허 동하와 같은 기억을 가진 존재가 이곳에 또 살고 있다니 믿어지지 않는구나."

김동하가 해진과 권휘의 얼굴을 다시 한번 살펴보며 중얼거렸다.

"모습이 변한 것으로 보아 같은 시공간을 넘지는 못한 것 같군요. 아마 천공불진의 배열이 잘못되어 소생보다 몇 십년 앞선 곳으로 시공의 벽을 넘은 것 같습니다."

그것을 증명하듯 부영그룹의 모태인 부영회의 설립은 지금보다 20년 전인 2000년부터였다.

그것은 해진과 권휘가 김동하보다 20년이라는 긴 시간을 앞서서 이곳에 도착한 것을 말해주고 있었다.

김동하가 노트북의 화면에 떠올라 있는 해진의 얼굴을 빤히 바라보았다.

"모습은 달라지긴 했지만 그 사악하고 표독한 천성은 끝내 감출 수가 없었던 것 같군요 해진사숙."

김동하의 눈속 깊은 곳에서 푸른빛이 일렁이고 있었다.

과거였다면 해진의 눈을 피해 또다른 곳으로 피할 생각부터 했겠지만 지금은 달랐다.

당시와는 비교할 수도 없을 정도의 강력한 무량기가 몸속을 가득 채우고 있었고 그때는 펼칠 수도 없었던 해동무의 극의의 절기까지 이제는 너무나 간단하게 펼칠 수가 있었다.

더구나 아내가 될 한서영의 아파트까지 방문했다면 처제인 한유진을 해친 자들이 어쩌면 해진의 수족들일 수도 있

다는 의미였기에 더더욱 피할 생각이 없어졌다.

한서영이 굳은 얼굴로 물었다.

"동하의 사숙이라면 만나 뵈어야 하는 분들이 아니야?"

김동하가 한서영의 얼굴을 보며 입을 열었다.

"사숙인 것은 분명하지만 그다지 만나고 싶지 않은 사람들입니다. 다만 유진처제를 해친 자들이 해진사숙과 연관되어 있을지 모른다는 생각이 드는군요."

"뭐?"

한서영이 놀란 듯 눈을 동그랗게 떴다.

김동하가 낮은 목소리로 입을 열었다.

"해진사숙이 아파트에 나타났다고 했고 얼마 뒤에 유진처제가 변을 당했습니다. 단순한 우연이 아닌 것 같습니다. 이마 그것이 분명하다면 해진사숙은 이미 제가 있는 곳을 알고 있다는 말과 같습니다."

"세상에……."

한서영이 입을 벌렸다.

한종섭이 다급하게 물었다.

"그 해진이라는 사람이 왜 유진이를 해친단 말인가?"

"해진사숙은 제가 가진 천명의 권능을 차지하기 위해 시공의 벽을 넘어온 것입니다. 해진사숙이 제가 머물고 있는 거처를 알고 서영누님과 가족들의 존재를 알았다면 그것을 이용해 저를 협박할 생각을 했을 겁니다. 아마 유진처제가 변을 당한 것도 그것을 이용하기 위해서 나쁜 수단을 쓰다가 그렇게 된 것일 겁니다."

"그자들이 자네의 그 권능을 뺏으려 유진이를 해쳤단 말인가?"

김동하가 나직하게 말했다.

"서영누님의 동생이라는 것을 확인하려 했다는 말과 저의 존재에 대해 알고 있는지 물었다면 아마 그럴 겁니다."

"이런 나쁜놈들이……."

한종섭의 얼굴에 노기가 떠올랐다.

사위의 몸에 숨겨진 천명의 권능을 노리고 천금같은 자신의 딸을 해치려 했다는 것이 너무나 화가 났다.

이은숙이 굳은 얼굴로 물었다.

"그럼 우리 유진이가 다친 게 그 해진이라는 사람이 고의적으로 벌린 일이라는 거니?"

김동하가 머리를 끄덕였다.

"그런 것 같습니다 어머니."

"아니 사람이 어떻게 그런 사악한 생각을 할 수 있는 거야? 남의 것을 뺏기 위해 주변사람을 해치려 하다니."

김동하가 잠시 한종섭 회장의 가족들을 훑어보았다.

"아무래도 당분간은 조심을 하셔야 할 것 같습니다. 그리고 조만간 그들을 만나보아야 할 것 같습니다."

김동하는 악연으로 이어진 해진과의 인연의 매듭을 이번 기회에 끊어버려야 한다는 생각이 들었다.

더구나 이번에는 처제인 한유진까지 해치려 했기에 더욱 용서하고 싶은 생각이 없었다.

김동하는 이번 기회에 해진과 권휘의 천명을 모두 **뺏어**서 두 번 다시 자신이 사랑하는 사람을 해칠 수 없게 만들어야 한다고 생각했다.

해진이나 권휘로서는 이제는 자신들이 감히 상대조차 할 수 없을 정도로 김동하가 변해 있다는 생각은 전혀 하지 못했다.

그리고 그것이 그들에게는 너무나 아픈 실수가 되리라곤 상상하지 못할 것이었다.

* * *

서울 송파구 방이동에 위치한 12층짜리 프로방스 호텔의 12층은 밤이 늦었음에도 환하게 불이 밝혀져 있었다.

총 82개의 객실을 보유하고 있는 프로방스 호텔은 최상층인 12층 4개 객실은 호텔의 객실로 이용할 수가 없었다.

자정이 약간 지난 밤 0시 12분.

12층에 위치한 로열하우스 안에서 약간 경직된 목소리가 흘러나오고 있었다.

"여자가 죽었다고?"

해진이 약간 놀란 얼굴로 아들 권휘의 얼굴을 바라보았다.

권휘는 정장차림이 아닌 막 잠을 자다가 일어난 것 같은 나이트가운을 걸치고 있었다.

만약 권휘가 해진의 아들이 아니었다면 해진의 앞에 이런 차림으로 서 있을 인간은 없었다.

권휘는 나이트가운을 여미고 있었지만 가운의 앞섶으로 탄탄한 맨 가슴이 드러났고 몸을 움직일 때는 바지를 입지 않고 있는 맨 다리가 드러났다.

권휘는 자신의 옷차림이 민망하다는 것도 그다지 의식하지 않는 얼굴이었다.

"예, 조용히 데려오라고 했는데 멍청한 놈들이 실수를 한 것 같습니다. 뉴스에도 나왔다고 하니 아무래도 좀 거추장스러운 일이 생길 것 같습니다."

권휘의 말에 해진이 살짝 눈을 감았다가 떴다.

"그 의원질 하는 계집이 아니라 그년의 동생이었으니 그다지 상관없는 일이긴 하지만… 동하놈을 쉽게 끌어들일 수 있는 패를 쥘 수 있었는데 놓친 것이 아쉽군."

권휘가 아버지 해진의 얼굴을 가만히 바라보며 입을 열었다.

"그럼 그 천한 놈과 같이 사는 계집의 다른 가족을 잡아

114

오면 어떻겠습니까? 예전부터 그놈은 자신의 혈육에 관해서는 어리석을 정도로 집착하던 놈이었습니다. 그러니 의사계집의 부모나 다른 형제를 잡아온다고 해도 같은 결과를 얻을 수 있을 겁니다."

해진이 물었다.

"다른 가족이 있느냐?"

권휘가 하얀 이를 드러내며 입을 열었다.

"의사계집의 부모와 남은 동생들이 두 명이나 더 있습니다. 의사계집의 부모가 금슬이 좋은 것인지 자식을 4명이나 두었더군요. 죽은 계집은 그중 둘째였습니다."

"그래?"

해진이 살짝 혀를 내밀어 입술을 핥았다.

얄팍한 해진의 입술은 뱀의 입처럼 사악한 느낌을 안겨 주었다.

해진이 권휘를 올려다보며 입을 열었다.

"이번에는 데려올 수 있겠느냐?"

권휘가 빙그레 웃었다.

"물론입니다. 이번에는 제가 직접 나설 것이니까요."

해진이 약간 놀란 얼굴로 권휘를 바라보았다.

"네가 직접 간다는 말이냐?"

"예."

권휘의 표정은 느긋해 보였다.

"네가 직접 나선다면 실수할 일은 없을 것이긴 하겠다만……."

해진이 묘한 시선으로 아들인 권휘의 얼굴을 바라보았다.

각진 얼굴에 자신처럼 입술이 얇고 콧날이 약간 굽어 있었다.

해진과 권휘의 관계를 모르는 사람이라도 두 사람이 혈육관계임을 짐작할 수가 있을 것이다.

다만 자신과는 달리 권휘의 눈 아래의 누당이 약간 솟아올라 있었고 푸른빛이 선명하게 보이는 것이 달랐다.

해진이 혀를 찼다.

"여색에 집착하는 것은 여전하구나?"

누당이 저렇게 검푸른색으로 변해 있다는 것은 여색을 밝힌다는 걸 의미함을 해진은 누구보다 잘 알고 있었다.

권휘가 빙그레 웃었다.

"이곳에서 제가 하지 못하는 것은 아무것도 없다는 것이 너무 무료해서 그런 겁니다. 저의 몸에 가득한 이 기운을 다른 곳에 쓸 수도 없으니 그나마 계집이라도 옆에 두고 그 힘을 풀어내는 것이지요."

권휘의 말에 해진이 머리를 흔들었다.

"그렇다고 해도 너무 여색을 가까이 하지는 말아야 할 것이다. 과거와는 달리 이제 이곳에는 그 망할 총이라는 것

116

도 있지 않느냐? 과거의 화승총과 같은 허접한 무기와는 다른 것이니라."

권휘가 하얗게 이를 드러내고 웃었다.

"그것도 이젠 두렵지 않습니다."

권휘의 자신만만한 모습을 보며 해진이 피식 웃었다.

자신보다 못하긴 하지만 해동무와 무량기를 전수받아 현재로서는 자신을 제외하고 자신의 아들인 권휘를 대적할 인간은 없다.

그런 아들이기에 자신이 가진 터무니없는 힘을 주체할 길이 없을 것이다.

지금도 권휘는 자신의 거처에 주체할 수 없는 자신의 힘을 풀어낼 여자를 두고 있다는 것을 해진도 알고 있었다.

해진이 물었다.

"언제 데려올 참이냐?"

권휘가 싱긋 웃으며 입을 열었다.

"부하 놈들이 실수로 죽인 그 의사계집의 동생의 일로 아마 그 계집의 집안도 어수선한 분위기일 것 같으니 지금이 적기인 듯합니다."

해진이 말없이 머리를 끄덕였다.

"누굴 데려올 생각이냐?"

"천한 그놈에겐 부모와 같은 계집의 부모가 더 좋지 않겠습니까?"

"흐음 나쁘지 않겠다."

"그럼 바로 다녀오겠습니다."

말을 마친 권휘가 몸을 돌렸다.

아버지 해진의 방을 빠져나온 권휘가 아버지의 방 앞쪽에 서 있는 검은 양복차림의 사내를 바라보았다.

양복차림의 사내는 해진의 방에서 권휘가 나오자 몸을 굳혔다.

부산에서 부영회가 설립될 때 해운대 지역을 장악하고 있던 덕수파를 혼자의 힘으로 괴멸시키며 그 후 마귀라는 별명을 얻게 된 권휘는 언제 보아도 부하들에겐 두렵고 무서운 존재였다.

권휘가 사내를 바라보며 입을 열었다.

"김영덕을 불러 내 방으로 오라고 해."

"알겠습니다 사장님."

권휘의 말에 사내가 고개를 숙였다.

부하에게 지시를 내린 권휘가 성큼성큼 걸어서 해진의 방과 가장 멀리 떨어진 자신의 방으로 향했다.

프로방스 호텔의 12층에서 가장 크고 좋은 로열룸은 해진이 사용했고 로열룸과 반대편 방향의 특실룸은 권휘의 방이었다.

사내는 권휘의 지시에 급하게 전화기를 꺼내 누군가에게 전화를 걸었다.

권휘가 이미 자신의 방으로 돌아갔지만 사내의 얼굴에 떠올라 있는 긴장감은 풀어지지 않았다.

이내 상대가 전화를 받은 것인지 해진의 방 앞에 서 있던 사내가 빠르게 입을 열었다.

"거기 지금 김영덕 있지? 태명에서 넘어온 놈 말이야. 그놈 지금 사장님이 부르니까 빨리 올라오라고 전해."

빠르게 말을 마친 사내가 한숨을 쉬며 전화기를 다시 품속으로 갈무리 했다.

전화를 끊은 그의 눈이 해진이 거처하고 있는 로열룸의 반대편을 향했다.

로열룸의 반대편은 아무도 없이 비워진 상태였다.

하지만 해진에게는 언제든 해진이 부르면 시중을 들어야 할 사람이 대기하고 있어야 했다.

오늘밤의 해진에 대한 시중은 그의 차례였다.

그때 로열룸의 안쪽에서 굵직한 해진의 목소리가 흘러나왔다.

"밖에 누가 있나?"

해진의 목소리에 사내가 반응했다.

"예, 회장님."

딸칵.

사내가 급하게 로열룸의 문을 열고 안으로 들어갔다.

부영그룹이 프로방스 호텔을 인수하기 전에는 프로방스

호텔의 로열룸은 서양식으로 내부가 만들어져 있었다.

그런데 해진이 숙소로 이용하기를 결정하면서 로열룸은 고풍스런 한국풍으로 내부의 인테리어가 바뀌어 있었다.

안으로 들어선 사내의 눈에 창가 쪽에 놓인 보료 위에 비스듬하게 몸을 누이고 있는 해진의 모습이 들어왔다.

"부르셨습니까? 회장님."

사내가 정중하게 머리를 숙였다.

해진이 입을 열었다.

"밤이 늦었지만 잠이 오질 않아서 그러니 술을 가져오고 시중을 들어줄 아이도 한 명 들여보내거라."

아들 권휘의 얼굴에서 진한 색향을 느끼고 해진 역시 갑자기 마음이 동했다.

사내가 머리를 숙였다.

"알겠습니다. 바로 준비하겠습니다."

해진이 머리를 끄덕였다.

이내 사내가 몸을 돌려 방을 빠져 나왔다.

사내의 얼굴은 약간 붉게 상기되어 있었다.

권휘를 보면 두려움을 느끼게 되고 해진을 보면 그 어떤 생각도 떠오르지 않았다.

그것은 권휘에게서 느끼는 두려움보다 해진에게서 느끼는 공포심과 경외심이 압도적으로 컸기 때문이다.

방을 빠져나온 사내가 다시 전화를 꺼내었다.

프로방스 호텔의 지하에는 '여왕벌'이라는 룸살롱이 위치하고 있었기에 술과 시중들 사람은 그곳에 지시하면 되었다.

—여보세요?

사내의 귀에 맑은 여자의 음성이 들려왔다.

사내가 빠르게 입을 열었다.

"여기 12층이야. 회장님이 술과 시중들 아이를 올려 보내라고 하셨으니 당장 준비해 줘."

—아, 알겠어요.

여자가 놀란 목소리로 대답했다.

전화를 끊은 사내의 입에서 가느다란 한숨이 흘러나오고 있었다.

똑똑.

노크소리가 들리면서 이내 문이 열리고 정장을 한 사내가 안으로 들어섰다.

회색빛의 양복을 걸친 사내는 무척이나 긴장한 듯 눈을 쉴 새 없이 껌벅이고 있었다.

권휘가 호출한 김영덕이라는 사내였다.

김영덕은 해진과 권휘가 인천의 태명그룹 박기출이 운영하고 있는 부평의 유한컨티넨털 호텔을 찾아가서 박기출

과 대면할 때 권휘의 엄청난 무력을 직접 목격한 태명회의 조직원이었다.

당시 그는 태명회의 연수구 지부장이라는 직책을 맡고 있었고 유한컨티넨털 호텔에서 벌어진 권휘의 살인현장을 수습하는 임무를 책임지게 되었다.

그 후 부산의 부영그룹이 서울로 본사를 이전하면서 그는 아예 권휘의 휘하로 들어간 것이다.

권휘로서는 태명그룹의 내부사정을 잘 알고 있던 김영덕이 자신의 휘하로 들어오면서 박기출이 어떤 생각을 가지고 있는지, 그가 얼마나 자신과 아버지를 두려워하고 있는지 속속들이 알게 되었기에 김영덕이 휘하로 들어온 것이 나쁘지 않았다.

방으로 들어선 김영덕이 정중하게 고개를 숙였다.

"부르셨습니까? 사장님."

인사를 하고 머리를 든 김영덕의 눈에 부드러운 실크가운을 걸치고 침대 위에 앉아 있는 아름다운 여인과 나이트가운의 앞섶이 완전히 열려서 맨가슴을 드러내고 있는 권휘가 여인의 다리에 머리를 얹고 누워 있는 모습이 들어왔다.

권휘가 누운 채 다리를 베고 누운 여인이 건네는 포도송이를 받아 물고 있었다.

"응. 불렀어."

담담한 표정으로 말하던 권휘가 몸을 일으켰다.

몸을 일으킨 권휘의 모습은 김영덕이 보기에도 참으로 민망했고 시선을 어디에 두어야 할지 몰라 곤혹스러웠다.

자신의 다리를 베고 누워 있던 권휘가 몸을 일으키자 여인이 몸을 돌려 침대의 반대편으로 가서 몸을 뉘었다.

여인의 모습도 김영덕을 난처하게 만들었기에 김영덕으로서는 여인이 반대편으로 몸을 누이자 안심이 될 정도였다.

몸을 일으킨 권휘가 입안의 포도송이를 삼키며 김영덕의 얼굴을 바라보았다.

"술을 마셨나?"

김영덕의 얼굴이 살짝 붉어진 것을 본 권휘가 물었다.

김영덕이 굳은 얼굴로 대답했다.

"예, 지하에서 동료들이랑……."

권휘가 싱긋 웃었다.

"태명에서 같이 넘어온 동료들인가?"

김영덕이 태명그룹에서 부영그룹으로 넘어올 때 자신을 따라 넘어온 부하들을 말했다.

"그 친구들과 제가 소속된 특수부 운영팀 직원 몇 명과 함께 마셨습니다."

부영그룹으로 이적하며 김영덕은 부영그룹 특수부 운영

4팀에 배정되었다.

운영4팀의 업무는 서울을 비롯한 인천, 경기 지역의 조직들의 움직임을 감지하고 조직력이 좋거나 나름 세력을 갖춘 조직을 흡수하여 부영그룹으로 끌어들이는 업무였다.

물론 조직세력만 끌어들이는 것이 아니라 부영그룹에 이권을 안겨줄 수 있는 유흥업소를 비롯하여 중소규모의 사업체까지 무차별로 범위를 넓히고 있었다.

이미 태명회에서 인천지역과 경기지역의 조직세력을 손금 보듯 훤하게 알고 있는 김영덕이었기에 운영4팀의 임무는 그에겐 적격이었다.

오늘의 술자리는 권휘의 지시로 운영1팀이 진행하던 업무가 실패했다는 소식을 들은 운영4팀에서 내일 회사에서 어떤 일이 벌어질지 의논하다 술자리까지 가게 된 것이었다.

운영1팀의 업무가 실패했다는 것은 운영1팀에서 데려오기로 한 한유진이 사망한 것을 말하는 것이었고, 그 때문에 특수부 전체가 술렁이고 있는 상황이었다.

특수부 운영팀에서 운영1팀이 맡은 임무를 모르는 사람이 없었다.

운영1팀은 특수부 중에서도 정예팀이라고 할 수 있었지만, 쉬운 임무를 보기 좋게 실패한 것으로 드러나자 팀별

마다 차별적으로 지불되는 운영비까지 도마에 올라서 그 술렁임이 더욱 컸다.

특수부 운영팀 중 가장 많은 운영비를 지급받는 팀이 바로 운영1팀이었기 때문이다.

하지만 그런 내막을 권휘에게 비칠 수는 없는 일이었기에 김영덕은 그냥 팀원끼리 친분을 다지기 위한 술자리처럼 둘러댔다.

권휘가 머리를 끄덕였다.

"새로운 식구들이랑 친해지려면 그런 것도 필요하겠지."

말을 마친 권휘가 김영덕을 바라보며 다시 물었다.

"그 반포의 아파트 말고 한서영이란 그 의사년 본가도 알아냈지?"

해진과 권휘의 지시로 김동하와 한서영의 주소를 알아낸 당사자가 바로 김영덕이었다.

한서영의 주소를 알아내고 아파트를 감시하다가 한유진의 존재까지 알아낸 김영덕이었기에 권휘는 당연히 한서영의 본가도 알아냈으리라고 생각했다.

김영덕이 머리를 숙였다.

"예, 알고 있습니다."

"가본 적은?"

"가본 적은 없지만 주소는 알고 있습니다. 신사동의 스카이 캐슬이라는 아파틉니다."

"그럼 그녀의 가족을 죽은 년 외에는 본 적은 없겠군?"

김영덕이 긴장한 얼굴로 대답했다.

"예, 본 적은 없지만 당장이라도 알아낼 수 있을 겁니다."

자정이 훨씬 넘은 시간이었지만 김영덕은 권휘가 지시하면 수단과 방법을 가리지 않고 알아낼 자신이 있었다.

권휘가 머리를 끄덕였다.

"좋아. 지금부터 2시간을 줄 테니 그 의사년의 어미와 애비가 있는 곳의 정확한 위치를 알아내서 나에게 가져와."

"아, 알겠습니다."

"작은딸이 죽었으니 어쩌면 병원 영안실에 있을지 모르니까 그쪽도 알아보고."

"예."

"나가 봐."

권휘가 다시 몸을 뒤로 누이면서 모로 누워 있는 여인의 어깨 위로 팔을 둘렀다.

권휘가 팔을 두르자 모로 누운 여인의 몸이 움찔하는 것이 몸을 돌리는 김영덕의 시선 속으로 들어왔다.

김영덕은 여인이 누구인지 너무나 잘 알고 있었다.

태명그룹 박기출 회장의 비서였다가 여색을 밝히는 권휘

의 눈에 들어 이제는 권휘의 노리개가 된 곽여진이라는 여자였다.

그리고 곽여진이 미스인천에 선발될 정도로 기막힌 미모를 가지고 있다는 것도 김영덕은 잘 알고 있었다.

조선남자

朝鮮男子

-천능의 주인-

낙뢰(落雷)

새벽 3시 40분.

신사동 스카이캐슬 아파트의 지하주차장으로 검은색의 대형승용차를 앞세운 두 대의 승합차가 조용히 들어섰다.

밤이 늦은 시간이었기에 주차장은 인적이 거의 느껴지지 않았다.

지하 3층까지 이어진 주차장은 아래층으로 내려올수록 비어 있는 주차공간이 많았다.

마지막 층인 지하 3층은 드문드문 차량이 주차되어 있었다.

주차되어 있는 몇 대의 차 중에는 제법 먼지가 쌓인 것도 보였다.

지하 3층으로 내려온 3대의 차량은 비어 있는 공간을 찾아 나란히 주차하고 멈춰 섰다.

딸칵.

검은색의 대형 승용차의 문이 열리면서 건장한 체격의 남자가 내려섰다.

뒤이어 두 대의 승합차의 문이 열리면서 양복차림의 사내들이 우르르 밖으로 빠져나왔다.

두 대의 승합차에서 내린 양복차림의 사내들은 각각 5명씩 모두 10명이었다.

차에서 내린 사내들은 날렵하게 사방으로 흩어졌다.

흩어진 사내들은 아파트 지하주차장에 매달린 CCTV의 카메라에 무언가를 뿌려댔다.

치이이이익.

그것은 검은색의 스프레이 페인트였다.

이미 지상의 경비실은 두 명의 사내들이 야간근무를 하고 있는 경비원을 위협해서 붙들고 있을 것이다.

아파트에서 근무하는 경비원들은 대체적으로 50대에서 60대의 나이를 가진 사람들이 대부분이었다.

간혹 40대나 그보다 젊은 경비원들도 있었지만 신사동 스카이캐슬 같은 지은 지 20년이 넘어가는 아파트라면 그런 젊은 경비원들보다는 나이를 지긋하게 먹은 사람들을

선호했다.

그 때문에 이런 심야에 누군가 나타나 겁박한다면 지레 겁을 먹는 경우가 대부분이다.

더구나 어제 저녁에는 이웃동네인 반포의 다인캐슬에서 입주주민인 젊은 여자와 함께 경비원이 피살당했다는 뉴스까지 나온 상황이다.

야간근무를 하는 경비원들은 사소한 일에도 신경이 곤두서 있었기에 더더욱 그럴 것이었다.

경비실을 장악한 사내들은 지하 주차장으로 내려온 사내들이 아파트를 떠날 때 경비실에 갖춰진 지하주차장의 CCTV 영상메모리를 가지고 합류해서 떠날 예정이었다.

지하주차장의 CCTV 카메라를 스프레이 페인트를 이용해 무용지물로 만든 사내들이 빠르게 움직이며 대형 승용차에서 내린 사내의 앞으로 모여들었다.

대형 승용차에서 내린 사내는 권휘였다.

권휘가 주변을 두리번거리며 이마를 찌푸렸다.

지하 3층이기에 지하 특유의 퀴퀴한 냄새가 느껴졌고 음산한 느낌마저 들었기 때문이다.

사내들을 이끌고 지하주차장의 CCTV 카메라를 처리한 김영덕이 권휘의 앞으로 다가왔다.

"저곳이 입구입니다, 사장님."

김영덕이 손으로 112동이라는 숫자가 적힌 기둥 쪽을 가리켰다.

권휘가 살짝 머리를 끄덕이며 김영덕을 바라보았다.

"확실하게 집안에 머물고 있는 것을 확인했다고 했지?"

권휘의 물음에 김영덕이 머리를 끄덕였다.

"두 번이나 확인했습니다. 죽은 딸 때문인지 새벽까지 아파트 거실에서 불이 밝혀져 있는 것도 확인했고, 아파트 경비원을 대동해 504호까지 올라가 직접 대면까지 해서 확인했습니다."

이미 부하들을 시켜 두 번이나 확인했기에 김영덕의 대답은 단호했다.

더구나 택배직원으로 분장시킨 부하들을 이용해 택배가 잘못 배달되었다는 핑계로 아파트 경비원을 대동하여 직접 한종섭의 얼굴까지 확인했다.

다만 딸이 죽은 상황인데도 부하들이 대면하고 돌아온 결과 한종섭은 그렇게 슬퍼 보이지 않는 얼굴이었다고 했다.

그 사실이 꺼림칙했지만 그럼에도 한종섭이 놀랄 정도로 젊은 남자였다는 것과 그가 집안에 머물고 있다는 것을 알아낸 것으로 수확은 컸다.

권휘가 머리를 끄덕였다.

"5층이니 엘리베이터를 이용하는 것보다는 계단을 이용하기에도 편하겠군?"

"예."

"그럼 가서 데려와. 가능하면 부부를 같이 데려가는 것
도 나쁘지 않다."

권휘의 눈이 번득였다.

김영덕이 머리를 숙였다.

"그렇게 하겠습니다."

"시끄럽지 않게 조용히 데려와. 그렇게 하려고 4팀 인원
을 다 데려온 것이니까."

권휘의 목소리는 나직했다.

한서영의 동생인 한유진이 의외의 상황으로 사망하자 이
번에는 한서영의 부모인 한종섭과 이은숙을 데려가려는
것이다.

행여 두 사람을 데려오다가 소동이 벌어지는 것을 막기
위해 부영그룹 특수부 운영4팀의 팀원 전원을 소집해서
데려왔다.

한밤에 아파트에서 고성이나 고함소리가 들릴 경우 난처
한 상황이 벌어질 수도 있다.

그런 경우 죽은 한유진과 똑같은 상황이 또 벌어질 가능
성이 높다.

그 때문에 과할 정도의 인원을 투입해서 그야말로 찍소
리도 내지 못하게 만들어 조용히 한서영의 부모를 데리고
이곳을 빠져나갈 생각이었다.

권휘의 지시를 받은 김영덕이 뒤를 돌아 승합차에서 내린 운영4팀의 직원들을 바라보았다.

말이 부영그룹 특수부 운영4팀의 직원들이지 실제로 운영4팀의 내력은 부산의 부영회 조직원들과 김영덕이 인천의 태명회에서 데리고 나온 태명회 조직원들이 대부분이었다.

김영덕이 이내 112동이라는 숫자가 적힌 기둥이 있는 곳으로 걸음을 옮겼다.

김영덕이 걸음을 옮기자 운영4팀의 팀원들이 그의 뒤를 따랐다.

인천과 경기지역의 군소조직의 파벌계도와 서울일원의 상황을 태명회 중간간부 시절부터 손바닥 보듯 훤하게 꿰고 있던 김영덕은 권휘의 휘하로 들어가면서 부영그룹 특수부 운영4팀의 팀장이라는 직책을 부여받았다.

기존 부영회 조직원들까지 섞여 있는 운영4팀이었기에 서로 다른 두 개의 조직이 합쳐지게 되어 팀융합 문제로 잦은 술자리를 가지게 되었고, 그 덕분에 김영덕은 나름 운영4팀의 팀원들을 효율적으로 이끌고 있었다.

팀장인 김영덕이 움직이자 팀원들도 일사불란하게 움직이기 시작했다.

다른 사람도 아닌 마귀라 불리는 부영상사의 사장인 권휘가 직접 개입한 일이었기에 조금의 실수도 있어서는 안

될 일이었다.

이미 부영회 출신이었던 이종걸이 팀장을 맡은 운영1팀
이 실패했다는 것을 알고 있었기에 더더욱 실수는 용납이
되지 않았다.

기둥을 돌아나가자 이내 112동으로 올라가는 자동문이
나타났고, 자동문은 굳게 닫혀 있었다.

문쪽에 부착된 출입번호를 입력해야 문이 개방되는 것이
었기에 김영덕이 뒤를 돌아보았다.

"야, 열어."

"예."

낮은 목소리와 함께 김영덕의 뒤에서 짧은 머리의 사내
가 앞으로 나섰다.

사내는 한종섭의 거처를 확인하기 위해 아까 이곳 스카
이캐슬 112동을 택배기사로 분장해 방문했던 오기철이라
는 사내였다.

김영덕에게는 친동생과 같은 사내였기에 김영덕이 부영
그룹으로 옮긴다는 말에 김영덕을 따라 나선 사내였다.

그는 아까 경비원을 대동하고 112동을 방문했을 때 은밀
하게 경비원이 아파트의 출입구 개방에 사용한 비밀번호
를 외워놓았다.

외우고 있었던 4514라는 숫자를 머리에 떠올린 오기철
이 신중하게 버튼을 눌렀다.

띠디디딧.

4개의 번호를 누르자 부드럽게 문이 열렸다.

열린 문 안으로 들어서며 김영덕이 다른 사내에게 시선을 던졌다.

사내 한 명이 문 안쪽 천정 사각진 부분에 부착된 CCTV 카메라에 또다시 검은색의 스프레이 페인트를 뿌렸다.

치이이이익—

흰색의 천정까지 검정색으로 완전하게 물들일 정도로 검은색 페인트를 흠뻑 적셔놓았다.

카메라를 처리한 김영덕이 머리를 끄덕이며 뒤를 돌아보았다.

김영덕의 눈에 약간 긴장한 얼굴의 사내가 들어왔다.

역시 태명회에서 넘어온 박재진이었다.

"지금 전화해."

"예, 형님."

역시 짧은 머리칼에 약간 몸집이 큰 사내가 대답하며 품에서 전화기를 꺼내었다.

오기철이 택배기사로 분장해 한종섭을 확인하는 동안 박재진은 지하에서 한종섭의 차를 찾아내 차에서 한종섭의 전화번호를 알아냈다.

동호수가 적혀 있는 차량의 연락처 주소를 알아내는 것은 식은 죽을 먹는 것보다 더 쉬운 일이었다.

아파트로 들어선 김영덕과 운영4팀의 팀원들은 '9'라는 숫자가 적힌 엘리베이터가 보였지만 엘리베이터 쪽으로는 시선도 돌리지 않았다.

사내들은 은밀하게 아파트 비상계단 쪽으로 오르기 시작했다.

박재진이 버튼을 누르고 전화기를 귀에 가져갔다.

띠리리리리릿—

띠리리리리릿—

딸칵.

—여보세요?

잠기운이 묻어 있는 남자의 목소리였다.

박재진이 나직하게 입을 열었다.

"5099 차주 되십니까?"

—그런데요?

"죄송한데 차를 주차하다가 5099와 부딪쳤습니다. 제가 운전이 서툴러 실수를 했는데 잠시 내려오셔서 차를 좀 확인해 주시겠습니까? 물론 수리비와 배상은 해드리겠습니다."

박재진의 말에 잠시 전화기 속의 남자가 말을 끊었다.

하지만 이내 잠기운이 조금 사라진 남자의 목소리가 다시 들렸다.

—많이 부서진 것입니까?

박재진이 입술을 잘근 깨물었다.

"앞쪽의 범퍼가 떨어지고 문짝이 심하게 긁힌 것 같습니다."

—그래요? 알겠습니다. 내려가지요.

딸칵.

전화가 끊어진 것을 확인한 박재진이 급하게 먼저 올라간 김영덕과 팀원들을 따라 빠르게 계단을 뛰어 올랐다.

앞서 간 동료를 따라가야 했기에 급하게 움직이다 보니 발걸음 소리가 비상계단을 울렸다.

탁탁탁.

박재진의 발걸음 소리가 비상계단을 메아리처럼 울리자 위쪽에서 김영덕의 낮고 날카로운 목소리가 들렸다.

"새끼야. 소리 내지 마. 아파트 사람 다 깨울 일이 있어?"

박재진이 대답했다.

"예, 형님."

말을 바친 박재진이 뒤꿈치를 들고 다시 뛰어 올랐다.

지하 3층에서 지상 5층까지 비상계단을 통해 올라가야 했기에 숨소리가 약간 거칠어질 정도였다.

하지만 이내 박재진은 팀원의 후미에 설수 있었고 불과 3분도 되지 않아 5층 비상계단에 도착했다.

스카이 캐슬은 한 층에 두 개의 가구가 거주하도록 설계

된 아파트였다.

503호와 504호가 마주보게 되어 있는 구조였다.

다행한 것은 층간에는 CCTV의 카메라가 설치되어 있지 않았다.

개인의 사생활에 문제가 생길 수 있기에 아파트의 주차장과 출입문에만 카메라가 설치된 것이다.

김영덕이 재빨리 504호의 비상계단의 벽으로 바짝 붙어 섰다.

아파트의 전실로 나서면 전실의 불이 밝혀지고 그렇게 되면 안쪽에서 눈치를 챌 수 있었기에 비상계단 쪽에서 대기하는 것이 안전했다.

비상계단에서 출입구까지의 거리는 3m 정도 떨어져 있었지만 안에서 출입문을 여는 소리와 함께 나간다면 불과 1초도 걸리지 않는다.

비상계단에 머물다 문이 열리는 순간 안으로 밀고 들어가 한서영의 아버지와 어머니를 잡아 조용히 빠져나올 생각이었다.

각종 주먹질과 싸움질로 다져진 10명의 사내들이라면 그야말로 숨소리 하나 낼 수 없을 정도로 은밀하게 한서영의 부모를 잡고 빠져나올 수 있을 것이라고 생각했다.

한밤중에 갑자기 10명이 넘는 건장한 사내들이 들이닥친다면 소심한 사람이라면 오금이 떨려 비명도 지를 수 없을 것은 당연했다.

김영덕이 504호의 비상계단쪽 벽으로 붙어 서자 사내들이 일제히 김영덕의 뒤쪽으로 붙었다.

잠시 후 안에서 부스럭 거리는 소리가 들렸다.

이어 누군가 문을 여는 소리가 들려왔다.

딸칵.

문이 열리는 소리와 동시에 김영덕이 빠르게 움직였다.

타다닥.

타닥.

사내들이 움직이는 발걸음 소리로 잠시의 소란이 이어지고 이내 열려진 문을 거칠게 연 김영덕이 막 문을 나서는 남자를 안으로 밀면서 들어갔다.

밖으로 나서려던 남자는 김영덕이 자신의 몸을 밀면서 들어오자 순순히 뒤로 물러섰다.

김영덕의 뒤로 나머지 운영4팀의 사내들이 안으로 들어섰다.

한순간에 10명의 건장한 남자들이 모두 504호로 들어선 것이다.

안으로 들어선 김영덕은 자신이 한종섭의 몸을 밀기 전에 이미 한종섭이 안으로 물러선다는 느낌을 받았다.

현관으로 들어선 김영덕을 비롯한 운영4팀의 사내들이 아파트의 안쪽을 바라보며 입을 열었다.

"소리치지 않으면 아무도 다치지는 않을 거야. 안으로 들어가. 소리치면 죽인다."

김영덕이 잇새로 흘러나오는 목소리로 나직하게 말하며 아파트 거실로 올라섰다.

신발도 벗지 않은 구두차림이었다.

김영덕의 뒤를 이어 현관으로 들어선 사내들도 이내 아파트의 거실로 올라서면서 안쪽으로 들어갔다.

그야말로 자신의 집처럼 거침없는 움직임이었다.

문을 열어준 남자가 뒤로 물러서면서 사내들이 안으로 들어오는 것을 막지 않았다.

문을 열어준 남자는 한종섭 회장이 아니라 김동하였다.

김동하는 너무나 순순히 뒤쪽으로 물러나고 있었기에 안으로 들어선 김영덕과 운영4팀은 초대를 받은 듯 너무나 쉽게 아파트 안으로 들어올 수 있었다.

이내 거실로 들어선 김영덕이 입을 살짝 벌렸다.

"허… 이게 뭐야?"

김영덕의 입에서 헛바람이 새는 소리와 같은 나직한 탄성이 흘렀다.

안으로 들어선 김영덕과 운영4팀의 사내들의 눈에는 아파트의 거실의 한쪽에 모여 현관을 바라보고 있는 일단의 남녀가 보였다.

새벽 4시도 채 되지 않은 늦은 밤이었기에 곤히 잠을 자고 있을 것이라고 생각했던 504호는 아무도 잠을 잔 것처럼 보이지 않았다.

현관에 서 있던 젊은 남자가 나직하게 입을 열었다.

"당신들이 계단을 올라올 때부터 알고 있었어."

담담한 어투로 나직하게 말을 하는 남자는 김동하였다.

김동하는 장인인 한종섭이 새벽에 전화를 받는 것에 잠을 깨었고 김영덕의 일행들이 아파트 지하주차장에서 비상계단을 통해 올라오고 있음을 단번에 알아차렸다.

김영덕이 눈을 껌벅이며 김동하를 바라보았다.

아무리 보아도 한서영의 아버지로 보일 정도로 나이를 먹은 얼굴이 아닌 갓 앳된 소년의 티를 벗어난 청년의 모습으로 보이는 김동하였다.

"너 누구야?"

그때 김영덕과 함께 한종섭의 얼굴을 대면했던 오기철이 거실의 한쪽에 굳은 얼굴로 서 있는 한종섭을 발견했다.

"혀, 형님. 저기 서 있는 저 자가 한서영이의 아버지인 한종섭입니다."

오기철은 택배를 잘못 배달했다는 핑계로 경비원과 함께 한밤중에 찾아와 한종섭의 얼굴을 알고 있었다.

김영덕이 눈을 껌벅이며 한종섭을 바라보았다.

한종섭은 아내인 이은숙과 한서영을 비롯해 한유진과 한지은 그리고 약간 놀란 얼굴로 눈을 치켜뜨고 바라보고 있

144

는 막내 한강호와 함께 거실의 한쪽에 서서 김영덕의 일행을 바라보고 있었다.

김영덕이 이를 악물었다.

"시벌. 무슨 일이 이렇게 꼬여?"

김영덕은 한종섭의 가족이 잠을 자지도 않고 있었다는 것에 순간 머릿속이 복잡해졌다.

그때 김영덕의 부하 한 명이 입을 열었다.

"팀장, 시간 끌지 말고 빨리 처리하지요. 아래에서 사장님이 기다리십니다."

말을 한 사내는 김영덕이 속했던 태명회 조직원이 아닌 부산의 부영회 조직원이었던 이상배라는 사내였다.

김영덕이 눈살을 찌푸렸다.

"알아, 근데 나머지는 어떡하고?"

권휘는 한서영의 아버지와 어머니를 데려오라고 했다.

그런데 지금 이곳에는 그 두 사람만이 아니라 누군지 알 수 없는 젊은 사내와 한종섭 그리고 4명의 여자들과 어린 중학생 사내아이까지 있었다.

한서영의 가족을 조사했던 장본인이었던 김영덕은 꼬맹이 중학생은 한종섭의 막내아들임을 직감했다.

부영회 출신의 이상배가 이를 악물었다.

"그냥 나머지는 어디 데려가 파묻어 버리면 그만입니다. 우린 그냥 사장님이 지시하신 대로 그년의 애미와 애비를 데려가면 됩니다."

이상배의 눈에 표독스런 눈빛이 떠올라 있었다.

김영덕이 약간 멍한 얼굴로 이상배를 바라보았다.

자신이 운영4팀의 팀장으로 임명되어 운영4팀으로 들어왔을 때 가장 마땅찮아 했던 놈이 이상배였다.

부영회 시절부터 권휘의 수족처럼 굴던 그는 마땅히 자신이 팀장으로 올라설 것으로 계산하고 있었다.

그런데 생각지도 않았던 김영덕이 데리고 있던 부하들과 함께 인천의 태명회에서 빠져나와 부영그룹으로 들어와 팀장에 임명되었다는 것에 불만을 가졌다.

김영덕의 눈빛이 살짝 흔들렸다.

그때였다.

"뭘 어떻게 한다고? 우리 아이들을 파묻어 버린다고?"

김영덕 일행의 말을 듣고 있던 한종섭의 눈빛이 서늘하게 변했다.

한종섭은 늦은 시간에 이렇게 집으로 밀고 들어와 자신의 가족들을 아무렇지 않게 죽인다고 하는 말을 듣자 절로 노기가 솟아올랐다.

이상배가 뱀처럼 사악한 눈으로 한종섭을 쏘아보았다.

"사장님이 데려오라는 의사년의 애비가 그쪽인가? 모가지 따서 끌고 가지 않는 것으로 감사하게 생각해."

말을 마친 이상배가 흰자위가 번들거리는 시선으로 거실

146

에 서 있는 한종섭과 아내 이은숙 그리고 한서영과 한유진
을 비롯해 한지은과 한강호까지 사납게 쏠어보았다.

그때 한서영이 김동하를 바라보며 날카롭게 소리쳤다.

"자기, 지금 뭐하는 거야? 엄마랑 아빠가 저런 소리를 듣
고 있어야 해?"

김동하가 말없이 머리를 끄덕이며 한유진을 바라보았
다.

"이 사람들 속에 처제를 해친 자가 있습니까?"

김동하의 말에 한유진이 사내들을 훑어보았다.

자신을 향해 칼을 들이밀던 매부리코의 사내와 각진 턱
의 사내 얼굴은 보이지 않았다.

한유진이 머리를 흔들었다.

"이 사람들 속에는 없어."

김동하가 머리를 끄덕이더니 김영덕을 바라보며 입을 열
었다.

"그 사장이라는 자는 지금 어디에 있는지 말해주겠어?"

김동하의 물음에 김영덕이 어이가 없다는 표정으로 김동
하를 바라보았다.

"너 뭐하는 놈이냐?"

김동하가 나직하게 입을 열었다.

"당신들이 데려가려는 한씨 성을 쓰시는 어르신의 큰따
님인 한서영이라는 여인이 내 아내가 될 사람인데 내가 누

굴까?"

김동하의 말에 김영덕이 눈을 껌벅이며 김동하가 누군지 계산했다.

그러다 김동하가 누군지 알아차리고 눈을 크게 떴다.

"네가?"

그는 생각지도 않았던 한서영의 남편이 이곳에 있었다는 것이 믿어지지 않았다.

사장 권휘의 지시로 한서영의 뒤를 캐다 한서영의 가족을 알게 되었기에 정작 한서영이 이곳에 있을 것이라곤 생각하지 못했다.

한서영이 거실 중앙으로 나와 김동하의 옆으로 다가서며 입을 열었다.

"내가 한서영이에요. 당신들 누구예요?"

한서영의 말에 모두의 시선이 한서영에게 향했다.

거실의 한쪽에 서 있을 때에는 몰랐지만 한서영이 김동하의 옆으로 다가서는 순간 사내들의 입이 살짝 벌어졌다.

말 그대로 기가 막힐 정도의 미인이었다는 것을 그제야 느끼는 사내들이었다.

한종섭의 자식들을 파묻어 버리자고 제안했던 이상배 역시 놀란 얼굴로 한서영을 바라보았다.

한서영이 이마를 찌푸리며 입을 열었다.

"당신들도 내 동생을 칼로 찔렀던 사람들과 같은 패거리

예요?"

한서영은 김동하가 어떤 힘을 가지고 있는지 너무나 잘 알고 있었기에 아무리 많은 사람들이 앞에 서 있다고 해도 전혀 겁을 먹지 않았다.

김영덕이 눈을 껌벅이며 한서영을 바라보다 입을 열었다.

"네가 한서영이라고?"

권휘의 지시로 한서영의 뒤를 캤지만 정작 이렇게 직접 마주하는 것은 처음인 김영덕은 한서영의 엄청난 미모를 보며 입을 벌리고 있었다.

한서영이 차가운 얼굴로 김영덕을 바라보았다.

"당신들이 누군지 모르지만 우리 엄마와 아빠를 해치려고 찾아왔다면 주소를 잘못 짚은 거예요. 그리고 우리 엄마와 아빠의 앞에서 우리를 해치려고 한 이상 당신들을 용서하고 싶은 생각은 없어요. 각오해야 할 거예요."

한서영은 엄마와 아빠의 앞에서 형제들을 죽인다고 협박한 자들을 절대 용서하고 싶은 생각이 없었다.

이상배가 눈을 치켜뜨며 한서영을 바라보다가 김영덕을 바라보았다.

"팀장, 이 년이 진짜 한서영이라면 이 년이랑 애미 애비를 같이 사장님께 데려가면 되겠습니다. 나머지는 뒤탈이 없게 제가 처리하지요."

이상배의 말에 김영덕이 이맛살을 찌푸렸다.

"사장님께 지시를 받았으면 좋겠는데……."

이상배가 머리를 흔들었다.

"거추장스럽게 뭘 그렇게 고민합니까? 그냥 제가 알아서 조용히 끝내고… 컥."

말을 하던 이상배가 갑자기 탁한 신음소리를 흘려냈다.

언제 잡아버린 것인지 김동하의 오른손이 이상배의 목을 틀어쥐고 있었다.

김동하의 눈빛이 서늘하게 가라앉아 있었다.

"아무리 하찮은 미물이라도 낳아준 부모가 보는 앞에서 어린 자식을 해치는 것은 함부로 하지 않는다. 너는 그 사악한 입으로 지은 죄가 태산보다 크구나."

김동하는 또다시 장인어른과 장모가 보는 앞에서 한서영의 동생을 해치겠다는 말을 꺼낸 이상배를 용서할 수가 없었다.

김동하에게 단숨에 목이 틀어 잡힌 이상배가 컥컥거리며 발버둥 쳤다.

"컥, 컥, 이 새끼… 갑자기 미친……."

말을 하려던 이상배는 단숨에 목이 끊어질 듯한 충격에 버둥거렸다.

한서영이 그런 김동하를 보며 한 걸음 물러섰다.

이미 김동하가 움직이기 시작했으니 이제 사내들에게는

엄청난 결과가 주어질 것이다.

이상배가 두 손을 뻗어 김동하의 얼굴을 후려치려고 했지만 온몸이 마치 밧줄에 묶인 것처럼 무언가 옭아맨 느낌에 자신의 목을 움켜쥔 김동하의 팔을 잡았다.

김동하가 그런 이상배를 단숨에 들어올렸다.

이상배가 헝겊으로 만들어진 인형처럼 그대로 허공으로 들려졌다.

김동하가 머리를 돌려 한종섭과 창백한 얼굴로 거실에서 벌어지고 있는 광경을 바라보는 이은숙을 보며 입을 열었다.

"아버님과 어머님은 처제들과 처남을 데리고 방으로 들어가시는 것이 나을 것 같습니다. 이자들에게 가혹한 단죄를 내릴 것이니 잔인할지 몰라 보지 않는 것이 좋겠습니다."

말을 마친 김동하가 한서영을 바라보았다.

"누님이 아버님과 어머님 그리고 동생들을 데리고 방으로 들어가십시오. 이자들을 처리하고 이 일을 사주한 그 사장이라는 자까지 만나볼 생각입니다."

한서영이 머리를 끄덕였다.

"그럴게."

한서영도 김동하가 사내들을 처리하는 장면이 무척이나 잔인할 것이라는 것을 알고 있었기에 엄마와 아빠 그리고 동생들에게 그 장면은 보여주고 싶지 않았다.

"엄마, 아빠 방으로 들어가요. 유진아. 지은이하고 강호 데리고 방으로 가자."

한서영의 말에 한종섭이 흔들리는 시선으로 사내들과 김 동하를 바라보다 아내의 등을 가만히 감싸며 안방으로 향 했다.

둘째딸 한유진을 살려내고 집으로 돌아온 이후 한서영은 미국에서 김동하가 어떤 일을 벌였는지 모두 설명해 주었 다.

김동하에게 신이 내려준 천명의 권능 외에 상상도 하지 못할 강력한 힘까지 갖추었다는 것을 들었다.

혼자의 힘으로 미국경찰도 어쩌지 못한 갱단을 모두 제 거할 정도로 강력한 힘을 가진 사위라는 것을 새롭게 알게 된 한종섭이었다.

그 때문에 지금 이렇게 자신의 집 거실을 침범한 자들을 충분히 처리할 수 있다고 믿었다.

그것은 큰딸 한서영이 너무나 침착한 것으로 충분히 짐 작할 수가 있었다.

한편 김동하가 이상배의 목을 틀어쥐고 들어올리자 김영 덕은 순식간에 벌어진 상황에 잠시 어리둥절한 얼굴로 김 동하를 바라보았다.

김동하의 손에 목이 죄어 허공으로 들어올려진 이상배는

그야말로 사형장의 사형수가 올가미에 목이 걸려 버둥거리는 것처럼 손발을 버둥거리며 김동하의 배와 팔을 어지럽게 쳤다.

퍼덕퍼더.

턱턱턱.

"캑, 캑 놔줘. 이…새끼… 캑캑 죽일 거야."

이상배는 우악스러운 김동하의 손이 자신의 목을 조이자 그야말로 머리가 떨어지는 것 같은 통증을 느끼고 있었다.

하지만 김동하는 전혀 요지부동이었다.

김동하는 장인과 장모 그리고 처제와 처남이 한서영과 함께 방으로 완전히 들어가는 것을 기다리고 있었다.

이내 한서영이 막내 한강호의 등을 밀면서 방으로 들어가자 이상배를 돌아보았다.

이상배는 죽을 것 같은 고통을 느끼고 있었다.

그때였다.

한순간에 벌어진 상황에 잠시 어리둥절했던 김영덕이 김동하의 앞으로 달려들었다.

"이 자식이 지금 무슨 짓을……."

김영덕은 이상배의 목을 틀어쥔 김동하의 머리통을 후려치기 위해서 달려들었지만 그 역시 김동하의 다른 손에 목이 틀어 잡혔다.

콱.

"캑."

김영덕의 얼굴이 하얗게 변하고 있었다.

마치 강철로 만든 쇠고리가 자신의 목을 감는 것 같은 엄청난 압력이 느껴졌다.

운영4팀의 사내들이 멍한 얼굴로 김동하를 바라보았다.

김동하는 자신의 손에 잡힌 이상배를 향해 서늘한 목소리로 입을 열었다.

"감히 누굴 해친다고 했는지 다시 한번 말해 보겠느냐?"

얼음장 같은 김동하의 목소리였다.

이상배는 목이 끊어질 것 같은 통증에 입을 벌렸다.

"캑, 캑 이것 좀 놔…….."

말을 하던 이상배는 김동하의 눈과 마주보는 순간 자신의 온몸에 소름이 돋아나는 공포를 느꼈다.

그때였다.

남아 있던 8명의 사내들이 김동하를 향해 달려들었다.

"시발, 이 새끼 뭐야?"

"뭐 이런 놈이…….."

사내들은 김동하가 팀장 김영덕을 비롯해 동료인 이상배까지 목을 틀어쥐자 얼굴을 일그러트리며 급하게 달려들었다.

한순간 김동하의 눈빛이 매섭게 변했다.

김동하가 자신의 손에 잡힌 이상배와 김영덕의 아랫배를

발끝으로 후려 찼다.

퍼벅.

둔탁한 소리와 함께 이상배와 김영덕의 입이 쩍 벌어졌다.

"캑."

"끄억."

김동하에게 배를 걷어차인 이상배와 김영덕은 제대로 숨을 쉴 수 없는 극악한 고통에 절로 온몸에서 힘이 풀렸다.

두 명의 배를 걷어찬 김동하가 두 사람을 마치 던지듯 바닥에 내려놓았다.

이상배와 김영덕은 아랫배에서 느껴지는 지독한 통증에 온몸을 웅크리며 벌레처럼 거실바닥에서 버둥거렸다.

그 순간 김영덕이 데려온 운영4팀의 나머지 팀원들이 김동하에게 달려들었다.

사내들이 달려드는 모습에 김동하가 입술을 잘근 깨물었다.

여기서 사내들을 처리할 수도 있었지만 그럴 경우 식구들이 난처한 상황에 처할 수도 있겠다는 생각이 들었다.

더구나 아래층에서 위층에서 벌어지는 소란에 잠이라도 깼다면 더더욱 난처한 상황을 면치 못할 것이라고 생각했다.

그때 김동하의 눈에 건너편 아파트의 옥상이 보였다.

30m 정도 떨어진 맞은편 아파트의 옥상이 짙은 어둠 속에 희미한 모습을 드러내고 있었다.

김동하가 입술을 깨물며 자신을 향해 달려드는 사내들을 바라보는 순간 무언가 하얀 것이 얼굴을 스쳐갔다.

쉬익—

순간 김동하의 표정이 굳었다.

사내들의 손에는 섬뜩하게 빛나는 예리한 칼들이 쥐어져 있었다.

"이 새끼 감히 누구를······."

으르렁 거리듯 말하며 달려드는 사내는 김영덕이 태명회에서부터 동생으로 데리고 있던 박재진이었다.

박재진은 김영덕이 김동하에게 당하는 모습을 보며 이미 눈이 돌아간 듯 하얗게 번뜩였다.

김동하가 어금니를 깨물며 선뜻 앞으로 나섰다.

동시에 김동하의 손이 움직였다.

콰콱.

콱.

김동하의 손이 움직일 때마다 김동하를 향해 달려들던 사내들이 마치 얼음조각이 되어버린 듯 그 자리에서 굳어졌다.

해동무의 절기 중 '송엽탄금(松葉彈琴)'이라는 기술이었다.

솔잎을 날려 가야금을 연주한다는 의미였지만 실제로는 사람의 혈을 짚어 금제를 가하는 기술이다.

과거의 김동하였다면 송엽탄금을 이런 식으로 능수능란하게 펼칠 수는 없을 것이다.

그런데 이제는 넘칠 만큼 무량기가 몸을 가득 채우고 있었기에 그야말로 물 흐르듯이 사내들의 혈맥을 제압했다.

"큭"

"헙."

투둑.

사내들의 손에 들려 있던 섬뜩한 칼들이 바닥으로 떨어졌다.

사내 한 명이 얼굴을 일그러트리며 나직하게 비명을 질렀다.

들고 있던 칼이 바닥으로 떨어지며 자신의 발등에 꽂혀 버린 것이다.

구두를 뚫고 사내의 발등에 꽂힌 칼이 파르르 떨리고 있었지만 사내는 그것을 뽑아낼 수도 없을 정도로 온몸이 굳어졌다.

이내 사내들을 완전히 움직이지 못하게 만든 김동하가 하얗게 질린 얼굴로 비지땀을 흘리고 있는 사내들을 서늘한 시선으로 바라보았다.

사내들을 제압한 김동하가 사내들이 움직이지 못하는 것

을 보고 이내 거실의 베란다 창문 쪽으로 걸음을 옮겼다.

사내들은 김동하가 거실의 베란다 창문 쪽으로 움직이자 몸을 움직이려고 버둥거렸지만 마치 올가미에 걸린 것처럼 전혀 움직여지지 않는 것을 느끼며 식은땀을 흘렸다.

그들은 태어나서 이런 이상한(?) 상황은 처음으로 느끼고 있었다.

마치 김동하가 자신들에게 마술이라도 부린 것 같은 공포심이 느껴졌다.

스르르륵—

김동하가 거실의 유리문을 열고 베란다의 창문까지 완전히 열고 돌아왔다.

사내들은 몸은 움직일 수 없었지만 눈알은 움직이고 있었기에 김동하가 창문을 여는 것을 모두 보았다.

그리고 그것이 어떤 의미인지 생각했다.

한순간 사내들의 머릿속이 하얗게 비워지는 느낌이 들었다.

"끄끅."

"끙."

사내들이 더더욱 질린 얼굴로 몸을 버둥거렸지만 전혀 움직여지지 않았다.

창문을 열고 거실로 돌아온 김동하가 제일 먼저 이상배와 김영덕을 옆구리에 끼고 거실의 창문 쪽으로 향했다.

조선남자
朝鮮男子

158

두 명을 합친 몸무게는 150kg이 넘었지만 김동하는 마치 헝겊인형을 드는 것처럼 너무나 가볍게 옆구리에 꼈다.

거실바닥에서 버둥거리던 이상배와 김영덕은 온몸이 부서질 것 같은 통증에도 김동하가 자신을 옆구리에 끼면서 일어서자 머리끝이 쭈뼛하고 솟아오르는 느낌을 받았다.

"커억. 이, 이것 좀……."

이상배가 마치 아이처럼 온몸을 버둥거렸다.

김영덕 또한 마찬가지였다.

"뇨, 이 미친……."

이상배와 김영덕은 김동하가 자신들을 창밖으로 던져버릴 것이라고 생각했다.

비록 5층이지만 이런 높이에서 아래로 떨어진다면 결코 무사하지 못할 것임을 잘 알았다.

운이 좋아 살아남는다고 해도 평생 불구의 몸으로 살거나 오랜 시간 동안 병원에서 치료를 해야 할 것이다.

송엽탄금이라는 기술로 인해 온몸이 굳어진 사내들도 김동하가 이상배와 김영덕을 창밖으로 던질 것이라고 생각했는지 질린 얼굴로 몸을 버둥거렸다.

"끄끙."

"끙."

말조차 할 수 없었기에 이마에 식은땀을 흘리며 이 상황에서 벗어나려 했다.

그러나 여전히 손가락 하나 꿈쩍하지 않았고, 공포가 가득한 시선으로 김동하를 바라보았다.

두 사람을 옆구리에 끼고 베란다의 창으로 다가선 김동하가 옆구리에서 버둥거리는 이상배와 김영덕을 바라보며 입을 열었다.

"마음먹은 대로 할 것 같으면 당신들을 여기서 던져버리고 싶지만 알고 싶은 것이 있어 그렇게는 할 수 없을 것 같군."

말을 마친 김동하가 한순간에 거실에서 몸을 튕겨 이상배와 김영덕을 끼고 밖으로 튕겨져 나갔다.

파악.

쉬익—

"끄어."

"끄억."

이상배와 김영덕은 비명도 나오지 않을 정도로 놀라고 있었다.

자신들이 하늘을 날고 있는 것을 느낀 것이다.

김동하가 이상배와 김영덕을 옆구리에 끼고 베란다를 통해 밖으로 사라지는 것을 본 거실에 남은 사내들은 이제 신음조차 흘리지 못할 정도로 놀라고 있었다.

그들의 눈에는 김동하가 마치 귀신처럼 보였다.

인간이 하늘을 나는 것은 단 한 번도 본 적이 없었던 그들

이었다.

그것은 할리우드의 공상과학 영화나 판타지 영화 또는 허세로 가득한 중국 무협영화에서나 나오는 장면쯤으로 인식하며 살아왔다.

그런 그들의 눈앞에서 믿어지지 않는 상황이 보이자 눈만 껌벅일 뿐이었다.

김동하의 옆구리에 끼어 베란다 밖으로 튕겨진 이상배는 아파트의 아스팔트 바닥이 까마득히 멀어지는 것을 느끼며 온몸을 부들거렸다.

아래로 떨어져야 정상이지만 떨어지는 게 아니라 오히려 솟아오르자 머릿속이 하얗게 비워졌다.

김동하가 이상배와 김영덕을 끼고 날아오른 곳은 한종섭과 가족이 살고 있는 스카이캐슬 112동의 맞은편인 114동의 옥상이었다.

한밤중의 아파트의 옥상은 초가을의 서늘한 정적에 잠겨 있었다. 얇은 옷을 입고 있다면 제법 추위를 느낄 정도로 찬 기운이 느껴지고 있었다.

터억.

옥상의 바닥에 내려선 김동하가 자신의 옆구리에 끼인 두 명의 사내들을 바닥에 내려놓았다.

투둑.

"끄억."

"컥."

이상배와 김영덕은 지독한 악몽을 꾸는 느낌이 들었다.

김영덕은 세상에서 누구보다 무섭고 두려워하는 권휘조차 지금의 공포심과는 비교를 할 수 없을 정도로 질려 있었다.

김동하가 이상배와 김영덕을 내려다보며 입을 열었다.

"당신들에게 물어볼 것이 많은데 내가 다시 돌아올 때까지 생각을 해두어야 할 거야. 여기서 벗어나 도망가고 싶다면 그렇게 해도 좋아. 대신 실패할 경우 당신들을 여기서 던져 아래로 보내줄 것이니 나처럼 하늘을 날 수 있는 능력이 있어 살아남을 자신이 있다면 그렇게 해."

어둠 속에서 자신들을 내려다보는 김동하의 목소리는 두 사람의 귀에 송곳처럼 박혀들었다.

이상배는 아까 자신이 했던 말이 얼마나 멍청한 소리였는지 실감하고 있었다.

두 사람에게 나직한 말로 경고를 해준 김동하가 다시 아파트의 옥상에서 장난처럼 아래로 뛰어내렸다.

그것을 본 이상배와 김영덕이 입을 벌렸다.

두 사람의 눈에서 초점이 사라진 듯했다.

너무나 큰 충격은 사람의 인지능력을 한순간에 마비시킬 정도로 강력한 것임을 그들이 증명하고 있었다.

김영덕과 이상배를 건너편 114동의 옥상에 데려다 놓은

김동하가 거실에 남아 있던 다른 사내들도 모두 옥상으로 데려온 것은 그야말로 순식간이었다.

사내들은 순식간에 벌어진 황당한 상황에 온몸을 굳히며 바닥에 널브러져 있었다.

온몸이 굳어버린 사내들을 바닥에 아무렇게나 내던진 탓에 바닥에 마치 나무토막처럼 널브러진 것이다.

사내들을 모두 건너편 아파트의 옥상으로 데려간 김동하가 다시 거실로 돌아왔다.

거실은 사내들이 떨어트린 칼들이 너저분하게 흩어져 있었다. 김동하가 그것들을 모두 주워서 욕실의 수건을 가져와 둘둘 말아 베란다의 앞쪽에 가져다 놓았다.

114동의 옥상으로 돌아갈 때 그것을 가져갈 생각이었다. 거실을 모두 치운 김동하가 안방 문을 살짝 두들겼다.

똑똑.

"접니다. 그자들을 이제 없으니 그만 나오셔도 됩니다."

김동하의 말에 안방 문이 열렸다.

딸칵.

제일 먼저 얼굴을 내민 사람은 한서영이었다.

한서영은 우선적으로 김동하의 얼굴과 몸을 살폈다.

이미 예상은 했지만 김동하의 얼굴은 티끌만 한 상처 하나 없이 멀쩡했다.

"다친 데 없어?"

한서영이 제일 먼저 물은 것은 김동하가 무사한지에 대한 질문이었다.

　김동하가 살짝 웃으며 머리를 흔들었다.

　"그런 자들이 저를 상하게 하지 못한다는 것은 아시지 않습니까?"

　한서영이 눈살을 살짝 찌푸렸다.

　"그래도 늘 걱정이 되는 것은 어쩔 수 없어."

　"다친 곳 없으니 안심하셔도 됩니다."

　그때 한서영의 뒤에서 한종섭과 이은숙이 굳은 얼굴로 걸어 나왔다.

　"괜찮은가? 그놈들은 어디로 간 것인가?"

　김동하가 빙긋 웃으며 대답했다.

　"시끄럽지 않은 곳에 데려다 놓았습니다."

　한종섭이 물었다.

　"그놈들이 누군지 물어보았느냐?"

　"이제 곧 알아낼 것입니다."

　이은숙이 끼어들었다.

　"그놈들이 무슨 일로 여기까지 쳐들어 온 거니? 난 귀신에 홀린 것 같아. 유진이가 칼에 찔린 것도 그렇고 서영이와 우리를 데려간다고 하는 것도 그렇고……."

　김동하가 부드러운 표정으로 이은숙을 보며 입을 열었다.

"제가 이곳에 있는 한 그 누구도 식구들에게 털끝 하나 건드리지 못하게 할 것입니다. 그러니 안심하셔도 좋습니다 어머님."

"그건 나도 알지만 갑자기 이런 일이 생기니까 무섭고 두려워."

이은숙은 꿈에도 나타날 것 같은 흉포한 사내들이 아직도 무섭고 두려웠다. 한서영이 물었다.

"그 사람들 어디로 데려간 거야?"

한서영은 김동하의 능력이라면 사내들을 아주 멀리 데려다 놓았을 것이라고 생각했다. 김동하가 힐끗 베란다 창밖의 맞은편 아파트 옥상을 가리켰다.

"그들 모두 저기에 있습니다."

김동하의 말에 한서영이 맞은편 옥상을 바라보았다.

짙은 어둠에 덮여 있지만 어둠 속에서도 아파트 옥상의 희미한 윤곽은 뚜렷하게 보였다.

맞은편 아파트의 몇몇 군데는 이곳처럼 늦은 밤까지 불이 꺼지지 않은 세대가 보였지만 옥상과는 거리가 먼 곳이었다. 한종섭이 눈을 껌벅이며 물었다.

"그자들이 저곳에 있다고? 여기 있던 자들을 어떻게 저곳에 데려다 놓은 것이냐? 그놈들이 제 발로 저곳으로 갔을 리는 없지 않느냐?"

한종섭은 김동하가 고대무술인 해동무의 전승자이며 상

당한 무술을 익힌 것을 알고 있었지만 비등연공이라는 절
기를 이용해 하늘을 날 수 있다는 것은 모르고 있었다.

그가 알고 있는 무술은 태권도나 유도 쿵푸 따위와 같은
무술이지 판타지같은 외국영화나 중국의 무협영화에서
나오는 경공술이 실제로 존재한다고 생각하지 못했다.

한서영이 한종섭의 얼굴을 보며 입을 열었다.

"동하는 하늘을 날 수 있어요 아빠."

"뭐?"

막 방에서 나오던 한유진이 끼어들었다.

"맞아. 아빠, 동, 아니 형부는 하늘을 막 날아다녀. 전에
언니 아파트 맞은편에서 불이 났을 때 그 불이 난 집에 살
던 사람을 구해준 게 형부야. 그 장면이 CCTV에 찍혀 막
시끄러웠는데… 다행히 조작된 영상이라고 누군가 주장
하는 바람에 유야무야 되었어. 그 주인공이 바로 형부야
아빠."

"뭐라고?"

한종섭이 눈을 동그랗게 뜨면서 김동하를 바라보았다.

김동하가 입을 열었다.

"예전에 스승님으로부터 전수받은 해동무의 절기 중 비
등연공이라는 기술이 있는데 다행히 이곳에 도착한 이후
저의 무량기가 늘어서 쉽게 펼칠 수 있게 되었습니다."

"비등연공? 무량기?"

한종섭은 김동하의 말이 쉽게 이해가 되지 않았다.

비록 큰딸인 한서영으로부터 지금까지 몰랐던 김동하의 새로운 능력을 알게 되었지만 알면 알수록 신비로운 느낌은 더했다. 한서영이 끼어들었다.

"미국에서 토마스 레이얼 회장님을 해치려던 자들도 동하의 그런 무술로 해결한 거야 아빠."

"듣긴 했다만 영 믿어지지가 않는구나."

한종섭이 머리를 절레절레 흔들었다.

그때 방에서 나와 김동하를 바라보던 한강호가 물었다.

"그럼 매형은 아까 그런 사람 수십 명이 와도 혼자서 해결할 수 있겠네요?"

한서영이 막내인 한강호의 머리를 쓰다듬으며 입을 열었다.

"매형은 총으로도 해칠 수가 없어. 미국에서 누나가 봤거든."

"그래?"

한강호의 눈이 번뜩였다.

김동하가 한종섭과 이은숙을 보며 입을 열었다.

"저곳에 데려다 놓은 자들에게 연유를 알아내야 할 것 같습니다. 잠시 다녀올 것이니 너무 불안해하지 마십시오."

한종섭이 머리를 끄덕였다.

"걱정하지 말게. 자네나 조심해."

김동하가 빙긋 웃었다.

"예, 조심하겠습니다."

어른을 안심시켜드리기 위해서는 어른의 말씀을 먼저 수용하고 받아들이는 것이 먼저라고 배운 김동하였다.

한서영이 물었다.

"혼자 가도 되겠어?"

"물론입니다. 누가 시킨 것인지 무슨 이유로 찾아온 것인지 알아내면 되는 일이니까요."

한서영이 머리를 흔들었다.

"아니야. 나와 관련된 일이니까 나도 같이 갈래."

한서영의 말에 김동하가 잠시 한서영을 바라보았다.

그녀를 고집으로는 누를 수 없다는 걸 잘 알고 있는 김동하였기에 한서영을 두고 가는 것은 어렵다는 것을 알았다.

"알겠습니다. 그럼 같이 가지요."

말을 마친 김동하가 현관으로 가서 한서영과 자신의 신발을 가지고 다시 거실로 돌아왔다.

어차피 베란다를 통해서 나갈 것이지만 문 밖은 틀림없기에 신발을 가지러 간 것이다.

한종섭이 신발을 챙겨온 김동하를 보며 눈을 껌벅였다.

"신발은 왜 가져와? 현관을 통해 나가는 것이 아니냐?"

한서영이 웃었다.

"여기로 나갈 거야 아빠."

한서영이 베란다를 손가락으로 가리켰다.

한종섭과 이은숙이 눈을 껌벅이며 한서영과 김동하를 바라보았다. 김동하가 하늘을 날수 있다는 것을 이미 알고 있던 한유진도 호기심이 가득한 시선으로 김동하를 바라보고 있었다.

한유진은 10여 명의 사내들이 강도처럼 아파트로 들이닥쳤을 때도 언니 한서영이 전혀 겁을 먹지 않았던 이유가 형부인 김동하 때문이었음이 이제야 이해되었다.

언니에게 형부는 신보다 더 짙은 믿음의 대상이었다.

형부의 곁에 있으면 그 어떤 곳보다 안전하다는 것을 언니는 잘 알고 있었다는 것을 지금에야 절실하게 느끼고 있었다.

김동하와 한서영이 베란다에서 신발을 신었다.

신발을 신은 김동하가 한서영을 가볍게 껴안으며 자신들을 바라보고 있는 한종섭과 이은숙에게 머리를 숙였다.

"그럼 다녀오겠습니다. 곧 돌아올 것이니 걱정하지 마십시오."

한종섭이 머리를 끄덕였다.

"조심하게."

이은숙도 한서영을 보며 입을 열었다.

"서영이 너도 조심해."

한서영이 부드럽게 웃었다.

"동하가 곁에 있으면 누구도 날 해칠 수 없어 엄마. 다녀올게."

한서영이 말을 마치는 순간 김동하가 한서영을 안고 베란다 창밖으로 튕겨나갔다.

파악—

"꺅."

김동하와 한서영이 베란다 창밖으로 튕겨져 나가는 순간 자신도 모르게 비명을 터트린 이은숙의 뾰족한 목소리가 짙은 어둠 속을 울렸다. 그때였다.

쿠르르르르—

콰쾅.

어둠에 잠겨 있던 검은 하늘에서 우레소리와 함께 천둥소리가 터져 나왔다.

이어 굵은 빗방울이 쏟아지기 시작했다.

쏴아아아아아아—

늦은 가을비가 마침내 내리기 시작한 것이다.

어젯밤 뉴스에서 이번에 내리는 비는 가을비치고는 제법 많은 양을 퍼부을 것이라고 예고했기에 삽시간에 아파트 단지 전체가 축축하게 젖어갔다.

콰쾅.

또다시 천둥이 번뜩이며 낙뢰가 떨어졌다.

베란다 밖으로 날아서 나간 한서영과 김동하가 빗속으로

사라지자 이은숙이 이마를 찌푸렸다.

"갑자기 비가 내리네? 어떡해? 우산이라도 가져가야 하는데 비에 다 젖겠어."

혼잣말처럼 중얼거리는 이은숙은 열린 베란다의 창으로 쏟아지는 빗줄기가 들이치고 있었지만 닫을 생각을 하지 못했다. 다시 이 창문을 통해 김동하와 한서영이 돌아올 것이라는 생각 때문이었다.

그것은 한종섭이나 다른 동생들도 마찬가지였다.

그들은 빗줄기 속에 이제는 희미하게 보이는 건너편 아파트의 옥상을 올려다보고 있었다.

이곳은 5층이었기에 건너편의 아파트 옥상을 보려면 22층의 위쪽을 올려다볼 수밖에 없었다.

하지만 그들의 눈에는 아무것도 보이지 않았다.

쏴아아아아아.

마침내 내리기 시작한 가을비는 오랫동안 내리기를 참고 있었던 것인지 폭우처럼 쏟아졌다.

조선남자

朝鮮男子

-천능의 주인-

악의 후예(惡의 後裔)

　김동하가 자신들을 옥상에 던지고 부하들을 데려오기 위
해 아파트로 돌아가자 몸을 떨던 김영덕의 머릿속엔 오직
하나의 생각밖에는 없었다.

　지하주차장에서 한서영의 부모를 데리고 내려오기를 기
다리고 있을 권휘에게 지금의 상황을 설명해야 한다는 생
각이었다.

　어쩌면 권휘라면 지금의 황당한 상황을 해결할 수 있을
것이라고 생각됐다.

　김동하를 만나기 이전에 가장 두렵고 무서운 상대는 권
휘였다.

부평의 유진컨티넨털 호텔 스카이라운지 특실에서 권휘는 태명회의 지부장 중 한 명이자 김영덕의 친구인 최인갑의 머리를 부수었다.

그 후 권휘가 피에 젖은 자신의 주먹을 혀로 핥으며 사악하게 웃던 장면은 지금도 김영덕이 꿈에서도 공포를 느끼는 트라우마로 자리 잡았다.

얼굴에 지렁이같은 흉터가 새겨진 권휘의 웃는 모습은 권휘를 처음 보는 사람들이라고 해도 전신에서 소름이 돋을 정도로 무섭고 두려운 광경이었다.

그런 권휘라면 말도 안 되는 능력을 보여주고 있는 김동하를 막아낼 수 있다고 믿었다.

다행히 김동하가 전화기를 빼앗지 않았다. 권휘를 이곳으로 부를 수 있는 절호의 기회였다.

김영덕은 김동하가 4번에 걸쳐 아파트와 이곳 옥상을 왕복하며 부하들을 데려오는 동안 지하주차장에서 기다리고 있는 권휘에게 전화를 걸었다.

다행히 김동하는 그런 자신을 의심하지 않았다.

아파트의 옥상은 이곳에서는 열 수 없도록 안쪽에서 잠겨 있었기에 다른 곳으로 도망을 칠 수도 없었다.

전화로 권휘를 부르는 길밖에는 소식을 전할 다른 방법도 없었다.

다만 김영덕이 간과한 것은 김동하는 김영덕이 권휘에게

전화를 한다고 해도 말리지 않았으리란 점이었다.

어차피 김영덕과 다른 사내들을 통해 배후를 알아낼 생각이었고 이후 배후자를 찾아갈 생각이었기 때문이다.

김동하가 마지막 운영4팀의 팀원들을 옥상으로 데려다 놓은 후 다시 아파트로 돌아갔을 때 김영덕과 권휘의 통화가 이루어졌다.

—뭐야? 왜 이렇게 늦는 거지?

통화가 이루어진 후 권휘의 첫마디는 약간 짜증이 묻어있었다.

김영덕이 떨리는 손으로 힐끗 맞은편에 불이 환하게 밝혀진 한종섭의 아파트 거실을 살피며 입을 열었다.

"문제가 생겼습니다 사장님."

—문제?

"그게… 몰래 한서영이의 부모를 잡아가려 했는데 아파트에 한서영이랑 그년의 남편이 있었습니다."

김영덕은 자신의 이마에 흐르는 식은땀을 손으로 닦아내며 더듬거렸다.

—그게 무슨 말이야? 한서영이랑 남편이라니?

"틀림없습니다. 그 한서영이라는 년의 남편이 분명했습니다."

김영덕의 말에 잠시 권휘의 말이 끊어졌다.

이내 권휘의 목소리가 다시 들렸다.

—한서영이 그곳에 있다는 말이냐? 틀림없어?

"예, 틀림없습니다. 자신의 입으로 본인이 한서영이라고
했으니까요. 근데 그년의 남편이 보통 놈이 아닙니다."

—보통 놈이 아니라니?

"무술이 엄청 강했습니다. 우리 실력으로는 그놈을 막을
수가 없었습니다."

—젊고 키가 큰 놈이었나?

권휘가 나직하게 물었다.

그가 알고 있는 김동하는 어리지만 부러울 정도로 잘생
기고 훤칠한 키를 가지고 있었다.

하지만 그는 김동하가 잘생긴 것은 무시하고 싶었다.

그에게 김동하는 어수룩한 애송이이고 쓰잘데없이 착하
기만 했던 책벌레쯤으로 기억될 뿐이었다.

김동하 역시 인왕산의 암자에 숨어 해원스님으로부터 자
신과 같이 해동무를 익혔고 무량기를 수련했지만 아버지
인 해진에게 고스란히 절기를 이어받은 자신과는 상대가
되지 않는 하수일 뿐이었다.

권휘가 물었다.

—그놈이 자신의 이름을 밝혔나?

"그놈이 자신의 이름을 밝히지 않았지만 그 자리에 있던
한서영을 자신의 아내라고 했으니 틀림없습니다."

—하하 이거 재미있군. 미국에 있는 줄 알았는데 돌아왔

조선남자
朝鮮男子

178

단 말이로군?

권휘의 목소리에 웃음기가 가득했다.

더구나 아버지마저 김동하가 미국에서 돌아왔다는 것을 모르고 있다.

권휘에게 지금의 상황은 그야말로 호박이 넝쿨째 굴러 들어왔다고 할 수가 있었다.

아버지 대신 자신이 김동하의 천명의 권능을 차지할 수 있다면 그거야말로 자신에게 날개를 달 수 있는 천고의 기회라고 생각했다.

권휘의 목소리가 다시 들렸다.

―그럼 현재 아파트에 같이 있나?

권휘가 당장이라도 아파트로 올라올 것처럼 말하고 있었다.

김영덕이 다시 한번 한종섭의 아파트 거실을 힐끔 거리며 입을 열었다.

"그게 지금… 맞은편 아파트의 옥상입니다."

―맞은편 아파트?

"예, 그 한서영의 부모가 살고 있는 아파트의 거실과 마주보는 아파트 옥상입니다. 114동의 옥상입니다 사장님."

―그곳엔 왜 올라간 거야?

김영덕이 어금니를 꾹 깨물었다.

"그놈이 우리를 데리고 날…….

김영덕이 김동하가 자신들을 데리고 옥상으로 날아올랐다고 말하려는 순간 권휘가 나직하게 소리쳤다.

—아, 시끄러우니까 됐어. 지금 당장 그곳으로 올라갈 테니 그놈을 놓치지 말고 붙들고 있도록 해.

"알겠습니다."

딸칵—

김영덕이 이마를 찌푸리며 한숨을 불어냈다.

권휘에게 남이 말하는 것을 대수롭지 않게 끊어버리는 습관이 있음을 잘 알고 있는 김영덕이었다.

이 세상에서 자신을 건드릴 수 있는 것은 아버지인 해진 외에는 없다고 생각하는 권휘의 오만한 성격 탓에 빚어진 습관이었다.

옆에서 김영덕이 권휘와 통화를 하는 것을 듣고 있던 이상배가 아직도 통증이 사라지지 않은 자신의 배를 손으로 만지며 입을 열었다.

"사장님께 전화를 한 겁니까?

김영덕이 김동하가 데려와 바닥에 던져놓은 팀원들을 바라보며 머리를 끄덕였다.

"곧 올라오실 거야."

김영덕의 말에 이상배가 이를 갈았다.

"사장님이 오시면 그놈도 끝장일 겁니다."

이상배 역시 누구보다 권휘의 능력을 잘 알고 있는 사내였다.

혼자의 힘으로 부산의 온천장과 해운대를 장악하고 있던 상대조직을 완전히 부숴버린 후 그 조직을 통째로 흡수해버린 가공할 능력을 가진 권휘였다.

1대 1의 상대로는 권휘를 이길 수 있는 사람은 이 세상에 없다고 확신한 이상배였기에 권휘가 도착하면 김동하를 꺾을 수 있을 것이라고 철벽같이 믿었다.

다만 이렇게 자신들을 반대편 옥상으로 날아올라 내려놓은 그 능력은 지금도 꿈을 꾸는 듯 믿어지지 않을 능력이었다.

하지만 하늘을 나는 능력 외에는 싸움으로는 권휘를 이길 수 없을 것이라는 믿음은 여전했다.

그때였다.

콰르르르르르르.

콰쾅.

쏴아아아아아아—

하늘에서 뇌성이 울리며 차가운 빗방울이 쏟아지기 시작했다.

옥상은 비를 피할 수 있는 공간이 아무 곳도 없었다.

고스란히 내리는 비를 맞아야 할 판이었기에 김영덕과 이상배의 얼굴이 굳어졌다.

"빌어먹을. 엎친 데 덮치는군."

가을비치고는 제법 많은 비가 내리기 시작하자 바닥에
널브러진 팀원들의 입에서 일제히 앓는 소리가 흘러나왔
다.

"끙."

"끄응."

온몸이 굳어 움츠릴 수도 없는 상황이었기에 고스란히
내리는 비를 맞아야 했다.

그때 다시 천둥소리와 함께 먼 곳에서 낙뢰가 떨어진 듯
하늘이 번득였다.

우르르르.

콰쾅.

쏴아아아아아.

가을비라고 하기에는 터무니없을 정도로 한여름의 폭우
처럼 굵은 빗줄기가 떨어져 내리는 순간, 빗줄기 속으로
무언가 나타났다.

허공에 둥실 떠 있는 김동하와 한서영이었다.

김동하는 한서영의 옆구리를 가볍게 끌어안고 있었다.

둘은 마치 질량이 없는 그림자처럼 쏟아지는 빗줄기 속
에 허공에 떠 있는 모습이었다.

"헙."

"저, 저게 뭐야?"

쏟아지는 빗줄기를 고스란히 맞고 있던 김영덕과 이상배가 놀란 얼굴로 김동하와 한서영을 바라보았다.

더구나 억수같이 내리는 빗물이 김동하와 한서영의 몸에 닿지도 않은 채 튕겨져 나가고 있었다.

김동하는 비를 맞고 있는 부영그룹 특수부 운영4팀의 팀원들을 말없이 내려다보고 있었다.

한서영이 억수같이 내리는 비를 맞으며 몸을 움직이지도 못하는 사내들을 눈을 깜박이며 바라보다 물었다.

"저 사람들 왜 저래?"

김동하가 나직하게 대답했다.

"활혈을 금제당하여 움직이지 못합니다."

"활혈?"

한서영이 놀란 얼굴로 김동하를 바라보았다.

김동하가 차분한 목소리로 입을 열었다.

"사람의 인체에는 죽을 때까지 끊임없이 활기를 끌어내는 혈로가 있습니다. 그 혈로가 막히면 인체의 모든 움직임을 제어할 수가 있지요. 저들은 그 혈로가 막힌 것입니다. 아마 제가 풀어주지 않는다면 영원히 저들은 저 모습으로 살다가 죽게 될 겁니다."

담담한 김동하의 말을 듣는 한서영의 눈이 반짝이고 있었다.

자신도 의사지만 김동하가 풀어주는 옛 의학은 늘 신기

하고 오묘했기 때문이다.

쏴아아아아아—

하늘에서 굵은 장대비가 쏟아지고 있었지만 김동하와 한서영은 단 한 방울의 빗방울도 몸에 닿지 않았다.

한서영은 김동하가 비를 튕겨내는 능력을 가지고 있다는 것을 알고 있었지만 그럼에도 지금의 상황이 참으로 신비롭고 놀라웠다.

김동하가 천천히 이상배와 김영덕이 주저앉아 있는 곳으로 내려섰다.

이내 김동하와 한서영이 옥상바닥에 완전히 내려섰다.

이상배와 김영덕이 놀란 눈으로 김동하와 한서영의 모습을 바라보고 있었다.

김동하가 김영덕을 바라보며 물었다.

"생각해 두었나?"

김동하의 목소리는 참으로 담담했다.

김영덕이 눈을 껌벅이며 김동하를 바라볼 때 이상배가 어금니를 깨물었다.

"무슨 재주를 부려 귀신처럼 구는 것인지 모르지만 곧 우리 사장님이 도착할 거니까 그때 넌 뒈졌어 시발놈아. 네 놈의 창자를 꺼내서 잘근잘근 씹어줄게. 기다려라 흐흐."

이상배는 권휘라면 귀신처럼 허공을 마음대로 움직이는 김동하를 충분하게 처리할 수 있을 것이라고 철벽같이 믿

었다.

김동하의 눈빛이 살짝 흔들렸다.

"사장님? 그게 누구지?"

김영덕이 김동하를 바라보며 입을 열었다.

"이곳으로 오시기로 했으니 곧 알게 될 거야. 그분은 우리와 다른 분이니 너도 각오해야 할 거다."

김영덕의 말에 김동하가 조용히 두 사람을 바라보았다.

김동하가 이상배를 바라보다가 머리를 살며시 흔들었다.

"넌 사람을 죽여 본 적이 있었던 자로군."

김동하는 이상배의 눈빛을 자세히 살피다 이상배가 사람을 죽여 본 경험을 가진 자라는 것을 알아냈다.

아까 거실에서 한종섭 회장의 가족을 처리한다고 했을 때 그것을 깊게 생각해 보지 않았지만 지금 자세히 살펴보니 예전에 사람을 해친 경험을 가진 게 분명했다.

이상배가 웃었다.

"크흐흐 그래 몇 놈 죽였지. 왜 네놈은 못 죽일 것 같냐?"

이상배는 권휘가 도착할 때까지 김동하가 이곳에서 떠나지 못하게 꼭 붙들어 놓고 있어야 한다는 생각이었다.

그 때문에 김동하에게 또다시 고통을 당한다고 해도 그것까지 각오하고 김동하를 도발했다.

김동하의 눈이 파랗게 타올랐다.

"넌 영원히 구제받을 수 없는 놈이로구나."

말을 마친 김동하가 이상배의 앞으로 걸음을 옮겼다.

이상배는 김동하의 몸에서 빗물이 튕겨져 나가는 것을 보며 흠칫 몸을 떨었다.

80kg이 넘는 자신의 몸을 마치 헝겊인형을 들어올리듯 가볍게 들어올리던 무시무시한 김동하의 완력을 경험한 이상배였다.

그런 김동하가 자신에게 바짝 다가왔으니 비록 각오는 하고 있다고 해도 절로 몸이 떨렸다.

김동하가 입을 열었다.

"넌 앞으로 두 번 다시 사람을 해칠 수가 없을 것이다."

이상배가 어금니를 깨물었다.

"시발, 뭔 소린지는 모르겠지만 네 마음대로 해. 사장님이 오시면 그때부터는 상황이 달라질 테니까. 그때는 사장님께 부탁드려서 네놈 목은 내손으로 꼭 따게 해달라고 부탁할 거다."

부영회에서도 독종으로 알려져 있던 이상배는 김동하의 가공할 능력을 보면서도 전혀 겁을 먹지 않았다.

오히려 김동하를 더 도발하고 있었다.

하지만 김동하는 전혀 화를 내지 않았다.

마치 가련한 듯한 시선으로 이상배를 내려다보고 있었다.

이상배의 머리칼은 빗물에 완전히 젖어 머리칼을 적신 빗물이 얼굴을 타고 흘러내리고 있었다.

그런 이상배의 모습은 마치 울고 있는 듯했다.

김동하가 이상배의 머리 위로 손을 얹었다.

이상배는 김동하가 손을 내미는 순간 등이 저릿한 느낌을 받았다.

이상배가 이를 악물었다.

"날 건드리면 너도 마찬가지겠지만 저 계집년도 아예 걸레로 만들어 줄 거다. 아마 죽는 게 좋겠다는 것이 어떤 것인지 처음으로 알게 될 거야. 크크큭."

그때였다.

김동하의 눈빛이 흔들렸다.

"이건?"

김동하는 자신의 무량기에 너무나 익숙한 기운이 감지되는 것을 느꼈다.

그것은 같은 기운을 가진 무량기였다.

무량기는 같은 기운이 근처에 있을 경우 스스로 동화되어 반응한다.

하지만 김동하의 무량기에 감지된 것은 같은 무량기의 기운에 음울하고 끈적한 이질적인 기운이 섞여 있다는 것에 순수한 김동하의 무량기가 그것을 밀어내는 것이다.

한서영은 김동하가 한순간에 달라지자 약간 놀란 얼굴로

김동하를 바라보았다.

"왜 그래?"

한서영의 물음에도 김동하는 대답하지 않고 한쪽으로 머리를 돌렸다.

김동하가 바라보고 있는 곳은 굳게 닫힌 옥상으로 통하는 철문이었다.

철문 뒤에서 느껴지는 사악하게 변질된 무량기는 끊임없이 김동하를 자극하고 있었다.

무량기가 원숙한 경지에 이르지 않은 예전이었다면 감지하지 못했을 수도 있었지만 지금의 김동하는 깨끗한 자연의 기운 그 자체라고 할 수가 있었기에 충분히 감지할 수가 있었다.

김동하가 몸을 바로 세우며 나직하게 입을 열었다.

"이 자들이 기다리는 자가 온 것 같습니다."

"뭐?"

한서영이 놀란 얼굴로 김동하의 시선이 고정된 옥상의 출입문을 바라보았다.

그때였다.

콰르르르르르.

콰쾅.

또다시 뇌성이 울리며 번개가 내려쳐졌다.

동시에 굳게 닫혀 있던 옥상의 철문 손잡이가 마치 누군

가 망치로 후려친 듯 부서지며 밖으로 튕겨져 나왔다.

콰직.

투두둑.

부서진 문의 손잡이가 바닥에 주저앉아 있던 이상배와 김영덕의 앞으로 튕겨져 나오며 떨어졌다.

이상배와 김영덕의 눈빛이 흔들렸다.

그들의 시선도 이내 옥상의 문 쪽으로 향했다.

끼이익—

부서진 옥상이 문이 열리면서 양복을 걸친 강팍한 얼굴의 남자가 문 안쪽에 서 있는 것이 보였다.

권휘였다.

권휘의 얼굴에 새겨진 지렁이같은 흉터가 번갯불 속에서 완전하게 드러나고 있었다.

권휘의 입가에는 섬뜩한 미소가 떠올라 있었다.

"크흐흐 쇠신발이 닳도록 찾아다녔는데 이곳에서 드디어 만나게 되는구나. 하늘이 나를 이곳으로 인도한 것은 그렇게 찾고 싶었던 네놈을 이렇게 만나게 해주려고 이끌어 준 것일 게다. 잘 있었느냐? 천한 놈아."

김동하의 눈이 차분하게 가라앉았다.

"이 자들이 기다리던 자가 당신일 것이라고 생각하지는 못했는데 놀랍군."

김동하의 말에 권휘가 성큼 옥상으로 나섰다.

한순간에 권휘의 몸이 비에 젖어들기 시작했다.

그때 이상배가 소리쳤다.

"사장님, 저놈 귀신처럼 하늘을 날기도 하니까 도망가기 전에 잡아야 합니다."

권휘가 이마를 찌푸렸다.

"하늘을 날아?"

권휘의 시선이 다시 김동하에게 향했다.

그때 다시 천둥이 치며 번갯불이 번득였다.

우르르르르.

콰쾅.

한순간 번갯불에 사방이 대낮처럼 밝아졌다.

그 때문에 어둠에 덮여 있던 옥상의 모습이 완전하게 비쳐졌다.

순간 권휘의 눈이 흔들렸다.

번갯불 속에서 쏟아지는 빗줄기가 김동하를 단 한 방울도 적시지 못하고 튕겨져 나가는 것을 그제야 보게 된 것이다.

권휘가 물었다.

"그것도 네놈이 가진 천능이 가진 능력이더냐?"

권휘는 김동하가 빗물을 튕겨내는 것이 김동하가 가진 천명의 권능이 가진 능력 때문이라고 생각했다.

김동하는 권휘의 말에 대꾸하지 않고 권휘의 얼굴을 보

며 물었다.

"해진 사숙은 어디에 있지?"

권휘가 웃었다.

"크흐흐 네놈이 왜 아버지를 찾느냐? 아버지가 여기에 있다면 네 스스로 그 천명의 권능을 넘겨줄 생각이었느냐?"

권휘는 자신의 앞에 서 있는 김동하를 보며 온몸이 떨리는 전율을 느끼고 있었다.

그야말로 꿈속에서도 갈망하던 신의 능력을 자신의 것으로 만들 수 있는 절호의 기회가 찾아온 것이다.

김동하가 권휘의 얼굴을 가만히 바라보다가 천천히 입을 열었다.

"예전에도 추악한 욕심이 많은 것은 알았지만 지금 보니 더 사악하고 추하게 변해버린 것 같군. 더구나 구역질나는 혈향이 온몸을 뒤덮고 있어 마치 썩은 생선과 마주하고 있는 느낌이야."

김동하의 말에 권휘가 웃었다.

"큭큭 천한 놈이 입 하나는 걸쭉하구나. 그렇다고 살 길이 생길 것도 아닐 텐데……."

권휘가 말을 하던 순간 다시 천둥과 번개가 쳤다.

우르르르르.

콰쾅.

또다시 번갯불로 인해 옥상의 모습이 대낮처럼 드러났다.

일순 권휘가 김동하의 품에 안겨 있는 한서영을 발견했다.

지금까지는 김동하를 찾았다는 기쁨 때문에 한서영을 눈여겨보지 않았지만 번갯불이 번득이자 김동하에게 안겨 있는 한서영을 보게 된 것이었다.

권휘의 눈이 번들거렸다.

"크크 일부러 찾지 않아도 둘을 한꺼번에 만날 수가 있게 되다니. 역시 신이 나를 이곳으로 이끈 것은 우연이 아니로군 그래. 흐흐흐흐."

말을 마친 권휘가 빗물을 튕겨내고 있는 김동하를 바라보며 싱긋 웃었다.

"그런 잔재주로 내 수하들을 현혹한 것이더냐?"

말을 마친 권휘가 자신의 몸에 들어찬 무량기를 외부로 밀어냈다.

순간 권휘의 몸 주변으로 마치 투명한 막이 생긴 듯 빗물이 권휘의 몸에서 튕겨나갔다.

그 모습을 본 이성배와 김영덕이 놀란 얼굴로 입을 벌렸다.

"아!"

"역시 사장님이다."

김동하만 빗물을 튕겨낸다고 생각했던 이성배와 김영덕은 자신들이 기다리던 권휘 역시 같은 수법을 쓰자 놀란 얼굴로 권휘를 바라보았다.

더구나 권휘가 빗물을 튕겨내는 공간은 김동하가 튕겨내는 공간보다 몇 배나 더 넓고 크다는 점에 가슴이 두근거릴 정도였다.

권휘가 무량기를 이용해 빗물을 튕겨내는 모습을 본 김동하의 표정은 변하지 않았다.

오히려 더 차분해졌다.

또다시 천둥과 번개가 치면서 사방이 대낮처럼 밝아졌다.

우르르릉.

콰쾅.

쏴아아아아아아.

번갯불 속에 드러난 옥상의 풍경은 몹시도 생경했다.

옥상의 출입문 쪽에 서 있는 권휘의 머리칼이 마치 정전기에 깃털이 반응하듯 허공으로 곤두섰다.

그런 권휘의 주변으로 투명한 막이 만들어져 빗물을 튕겨내고 있었다.

권휘의 맞은편에는 김동하가 한서영을 안고 담담한 표정으로 권휘를 바라보고 있었다.

한서영이 놀란 얼굴로 물었다.

"저, 저 사람 누구야?"

김동하가 대답했다.

"몇 시간 전에 유진처제와 함께 집에 돌아와서 알게 되어 말씀드렸던 해진사숙의 아들인 권휘라는 자가 바로 저잡니다."

김동하의 말에 한서영이 놀란 얼굴로 권휘의 얼굴을 다시 바라보았다.

김동하의 부탁으로 막내 한강호가 부영그룹에 대해 조사하면서 부영그룹의 회장 이름이 천종모라는 사실과 부영상사의 사장이름이 천권휘라는 것을 기억하고 있던 한서영이었다.

그리고 부영그룹의 회장인 천종모가 김동하의 둘째 사숙인 해진이라는 사실과 권휘가 그의 아들이라는 것도 알았다.

그런 그와 이렇게 이런 식으로 대면하게 될 것이라고는 생각하지 못한 한서영이었다.

한서영은 권휘가 김동하처럼 빗물을 튕겨내는 것을 보며 입을 벌렸다.

"저, 저 사람도 동하처럼 빗물을 튕겨내고 있어."

김동하가 머리를 끄덕였다.

"해동무와 무량기가 상승에 이르면 물과 불을 밀어낼 수가 있습니다. 보아하니 저자 역시 무량기의 수준이 상당한

194

것 같군요."

한서영이 큰 눈을 깜박이며 물었다.

"그럼 위험하지 않아?"

김동하가 대답했다.

"지금까지 상대한 평범한 자와는 비교할 수 없으니 제법 힘을 들여야 할지도 모르겠군요."

"어, 어떡해?"

한서영은 김동하가 이런 식으로 말하는 상대를 본 적이 없었다.

상대가 누구든 김동하는 절대적인 위압감을 보여주었지만 지금은 조금 난처한 표정이었다.

그것은 한서영을 불안하게 만들었다.

더구나 천공불진을 뚫고 김동하를 따라 이곳에 왔다면 그 역시 엄청난 괴력을 가지고 있다는 것을 의미한다는 것을 새삼 느꼈다.

권휘가 김동하의 품에 안겨 있는 한서영을 보며 이를 드러내고 웃었다.

"한서영이라고 했나? 네년의 짝은 널 안고 있는 그 천한 놈이 아닌 나라는 것을 알아야 할 거다. 과연 아버지가 내 배필로 낙점할 만큼 곱구나 크   ."

권휘의 말에 한서영이 이맛살을 찌푸렸다.

한서영이 권휘에게 한마디 하려다 이내 머리를 흔들며

입을 닫았다.

저런 자와 말을 나눈다는 것 자체가 한서영으로서는 벌레가 붙은 느낌처럼 소름끼치는 일이었기 때문이다.

다만 자신 때문에 김동하가 제대로 힘을 사용하지 못할 것 같아 그것이 불안했다.

한서영이 흔들리는 시선으로 다시 권휘를 바라보았다.

권휘가 김동하를 바라보며 입을 열었다.

"천한 놈, 네놈의 권능을 나에게 넘기고 계집을 두고 사라지면 아버지 몰래 널 놓아주마. 아마 영원히 깊은 곳에 숨어서 평생 세상 밖으로 나오지 않는다면 그나마 그 천한 목숨이라도 지킬 수 있을 것이다."

권휘의 말에 김동하가 나직하게 한숨을 불어냈다.

"후⋯ 천공불진의 벽을 넘어서까지 이어지는 악연이라면 여기서 매듭을 끊는 것이 좋겠지."

김동하가 품에 안긴 한서영을 가만히 바라보며 입을 열었다.

"잠시 혼자 있어야 할 것 같습니다."

한서영이 이마를 찌푸렸다.

"아까 고집을 부려 동하를 따라오지 않았어야 했을 것을 괜히 따라와 동하를 귀찮게 했어."

한서영의 말에 김동하가 부드럽게 웃었다.

"부부는 일심동체라고 하지 않았습니까? 누님과 부부의

연을 맺었으니 함께 있는 것도 당연합니다."

김동하가 너무나 부드럽게 대하자 한서영은 거북했던 마음이 조금 가라앉았다.

김동하가 한서영의 어깨를 가볍게 쓰다듬었다.

"미국에서처럼 누님을 보호해 드릴 것이니 걱정하지 마세요."

말을 마친 김동하는 한서영의 주변에 미국에서 갱조직인 킹덤의 마이클 할버레인을 상대할 때처럼 해동무벽의 분경을 펼쳐 놓았다.

해동무벽의 분경은 총탄을 튕겨낼 정도로 가공할 기운이 압축되어 있었기에 쏟아지는 빗줄기 정도는 가볍게 튕겨진다.

다만 해동무벽의 분경은 김동하의 무량기를 나누어 펼치는 것이었기에 김동하의 무량기의 3할 정도는 한서영에게 돌아가야 한다는 부담이 있었다.

한서영이 그것을 알았다면 자신에게 해동무벽의 분경을 펼치는 것을 거절했을 것이다.

한서영은 김동하가 가볍게 손을 흔드는 순간 무언가 보이지 않는 투명한 벽이 자신의 주위에 둘러서는 느낌이 들었다.

한서영의 눈에 쏟아져 내리는 빗물이 투명한 막에 튕겨져 나가는 것이 보였다.

권휘는 김동하가 한서영을 향해서 가볍게 손을 흔들자 엄청난 기운이 한서영의 주변으로 퍼져 나가는 것을 보며 놀란 듯 눈을 부릅떴다.

그러더니 한서영의 주변에 둘러진 강력한 힘에 의해 빗물이 튕겨나갔다.

더구나 거기엔 권휘에게도 익숙한 무량기의 기운이 담겨 있었기에 놀랄 수밖에 없었다.

"훗, 묘한 재주로구나. 어찌하여 무량기의 기운을 그렇게 증폭시킬 수 있느냐? 그것도 네놈이 가진 천명의 권능이 만들어 낸 장난이냐?"

권휘는 김동하가 한서영에게 분경으로 풀어놓은 해동무벽의 기운의 근원이 무량기임을 느꼈다.

그렇지만 자신이 알고 있는 무량기와는 또 다른 강력한 힘이라는 것에 호기심을 가졌다.

김동하가 한서영에게 풀어놓은 해동무벽의 무량기는 자신이나 아버지인 해진이 가진 기운보다는 부드럽고 온유했다.

하지만 그 속에 담긴 힘은 권휘로서도 놀랄 정도로 강했다.

권휘는 아버지인 해진에게 해동무의 절기 중 최상의 절기라고 할 수 있는 해동무벽은 배우지 못했다.

해동무벽은 해동무에서 입문, 하하, 하중, 하상, 중하,

중중, 중상, 상하, 상중, 상상, 극인, 극예, 극불, 초예, 초인, 초신, 초월로 나뉘는 17개의 단계 중 최고 마지막인 초월편에 기술되어 있는 절예다.

김동하에게 해동무를 전수한 스승 해원스님은 해동무의 절예는 극예의 단계까지가 인간으로서 이론상으로 도달할 수 있는 최고의 경지라 가르쳤다.

사람의 몸으로 극예의 단계를 넘는 것은, 해동무를 창안한 무안선사조차 인간의 한계를 넘어서는 신인(神人)의 경지에 이를 정도로 수련을 해야 가능할지 모른다고 설명했다.

극예의 단계를 넘는 극불 이상의 단계는 이론상으로만 구분해 놓은 경지로 설명해 놓은 것이다.

그 때문에 해원스님이나 막내 사숙 해인스님과 같이 해동무를 수련한 해진도 극예의 단계 이상은 수련이 불가능한 단계라고 아예 처음부터 포기했다.

그 때문에 해진은 자신의 아들인 권휘에게 자신이 알고 있는 해동무의 절기인 극예의 단계까지만 가르쳤다.

하지만 김동하의 스승인 해원스님은 책읽기를 좋아하는 김동하를 위해 해동무의 마지막 17단계인 초월편의 비서(□書)까지 모두 전해주었다.

김동하는 그것을 모두 외우고 있었기에 인간의 몸으로 신의 경지라고 할 수 있는 초월편까지 모두 익혀버린 결과를 만들어 냈다.

해진은 인간의 몸으로 수련이 가능한 극예의 단계까지만 받아들였을 뿐 그 이상의 단계는 아예 볼 생각도 하지 않았다.

이후 그토록 원하던 극예의 단계에 도달하자 스스로 파계를 선언하고 김동하의 스승인 동문사형 해원스님에게 반기를 들었던 것이다.

그런 상황이었기에 해진은 방금 김동하가 펼친 해동무벽을 권휘에게 가르쳐 줄 생각도 하지 못했다.

아니 해진 스스로가 나머지 단계를 포기했기에 해동무의 절예 중 해동무벽이라는 천고의 호법진이 있을 것이라고는 상상도 하지 못했다.

그 때문에 권휘는 방금 김동하가 한서영에게 펼친 해동무벽이 해동무의 절예 중 하나라는 것은 상상도 할 수가 없었다.

다만 해동무벽에 자신이 익힌 무량기의 기운이 가득 담겨 있었기에 그것이 놀라울 뿐이었다.

김동하가 권휘를 향해 머리를 돌리며 입을 열었다.

"해동무벽이라고 해동무의 마지막 절기 중 하나인데 당신은 모르고 있는 모양이군?"

권휘의 눈살이 가볍게 찌푸려졌다.

"해동무벽? 그런 것도 있나?"

김동하가 덤덤한 시선으로 권휘를 바라보며 입을 열었다.

"해동무의 마지막 단계인 초월비서에서 전해지는 절기지."

"초월비서?"

권휘는 초월비서라는 말은 처음으로 들었다.

아버지 해진을 통해 해동무의 마지막 단계는 12단계인 극예라고 들었기 때문이다.

그 역시 아버지 해진으로부터 12단계의 극예의 단계를 전수받았지만 아직 극예의 수련이 아버지만큼 깊지는 않았다.

그럼에도 이곳에서 '마귀'라는 별명으로 다른 사람에게는 공포의 대상이 될 만큼 엄청난 힘을 가진 것에 만족하고 있었다.

지금의 세상에서 자신을 견제할 수 있는 존재는 아버지 해진을 제외하고는 아무도 없다고 확신하고 있었기에 김동하의 설명이 우습기만 했다.

권휘가 피식 웃었다.

"그러니까 저 계집의 주변에 뿌려놓은 것이 네가 가진 천명의 능력이 아니란 말이지? 내가 그것을 믿을 것 같나?"

권휘는 김동하가 한서영의 주변에 펼쳐놓은 해동무벽이 천명의 힘이 가진 능력이 아닌 해동무의 절기 중 하나라고 설명하는 김동하의 말이 우스웠다.

그리고 김동하가 그렇게 말하는 것은 지금도 천명의 권능이 가진 능력을 감추기 위한 변명이라고 생각했다.

김동하가 머리를 흔들었다.

"당신에게 이해를 시키기 위해 설명한 말은 아니야."

"큭큭 방금 나에게 당신이라고 했느냐? 천한 놈이 그동안 못 본 사이에 말주변이 늘어났구나."

권휘의 눈에서 시퍼런 안광이 번들거렸다.

콰르르르르르르.

콰쾅.

쏴아아아아아.

또다시 천둥이 치며 번개가 떨어져 내렸다.

동시에 빗줄기는 더욱 굵어져서 이제는 거의 앞이 보이지 않을 정도로 폭우가 되어 쏟아져 내리고 있었다.

이미 아파트 옥상은 내리는 빗줄기가 빠져나가는 배수구의 물보다 더 많아져 이제는 발목까지 물에 잠길 정도로 물이 찰랑거리고 있었다.

김동하가 던져놓은 운영4팀의 팀원들 중 자세가 뒤집힌 자들은 아예 물속에 얼굴을 처박고 있었기에 발목까지 차는 이 상황에서 익사를 할 수도 있을 정도였다.

하지만 김동하는 전혀 그들을 돌아볼 생각이 없었다.

애초부터 사람을 해칠 생각을 가지고 찾아온 자들이었기

에 용서할 생각은 전혀 없었기 때문이다.

더구나 다른 사람도 아닌 장인과 장모 그리고 처제와 처남을 해칠 생각을 했던 자들이었다.

그때 쏟아지는 비에 흠뻑 젖은 채 이를 악물고 김동하를 노려보던 이상배가 소리쳤다.

"사장님, 저놈의 명줄은 제 손으로 끊어놓을 수 있게 허락해 주십시오. 아예 톱으로 토막토막 썰어서 개밥으로 던져줄 겁니다."

이상배의 말에 권휘가 피식 웃었다.

"들었나? 널 개밥으로 만들겠다는군?"

권휘는 김동하를 향해 적의를 드러내는 이상배가 마음에 들었다.

김동하가 덤덤한 얼굴로 이상배를 바라보았다.

쏟아지는 비를 고스란히 맞아 비 맞은 생쥐같은 몰골이 되긴 했지만 어둠 속에서도 눈의 흰자위가 번들거리는 것으로 보아 지독한 악종이라는 생각이 들 정도였다.

권휘가 장대처럼 쏟아지는 빗속에서 머리를 좌우로 돌리며 주변을 두리번거렸다.

이내 주변상황을 확인한 권휘가 김동하를 바라보며 입을 열었다.

"네놈이 하늘을 나는 능력을 가졌다고 들었다. 어디 내 앞에서 한번 하늘을 날아 도망을 쳐 보겠느냐? 대신 나에게 잡히는 순간 넌 죽는다. 네 힘으로 저 계집까지 데리고 가려면 모험을 걸어야 할 것인데 그럴 용기가 있느냐?"

김동하가 머리를 흔들었다.

"도망칠 생각은 없어. 그리고 악연의 고리를 끊어낼 기회인데 내 스스로 그것을 망칠 순 없지."

김동하의 말에 권휘가 웃었다.

"크크큭. 과연 네 스승인 해원 그 늙은이의 고집을 그대로 이어받은 것 같구나. 네 스승이라는 해원 그 늙은 땡중과 네 사숙인 해인이 어찌 죽었는지 알고 있느냐? 내가 어찌하여 너와 같은 세상으로 넘어오게 된 것인지 짐작이 가느냐?"

권휘가 사악하게 웃으면서 김동하를 바라보았다.

김동하의 얼굴이 살짝 굳어졌다.

권휘가 웃으면서 입을 열었다.

"크크크 네놈의 사숙인 그 해인이라는 땡중의 사지를 하나씩 잘라냈지. 네놈이 그날 그 동굴에서 도망친 그 천공불진을 다시 열게 만들기 위해서 말이다. 그 때문에 난생처음 독을 쓰지 않아도 인간의 몸 칠공에서 폭포수처럼 피가 쏟아지는 것을 보았다. 크크크 네놈 하나 때문에 네 스승과 네 사숙이라는 땡중이 지금도 구천을 떠돌고 있을 것이다 알겠느냐?"

권휘의 말을 듣는 김동하의 얼굴이 얼음장처럼 변하기

시작했다.

"스승님과 사숙을 해쳤느냐?"

권휘가 빙긋 웃으며 대답했다.

"늙은 땡중의 입이 무거워 어쩔 수 없었지. 비겁하게 혈육까지 버리고 달아나야 했던 제자를 보호하려는 늙은이의 고집을 깨트리기 위해선 그 방법이 최선이었으니까. 하하하, 두 늙은 땡중은 아마 인왕산의 호랑이가 포식을 했을 터이니 뼈조차 남기지 못했을 것이다. 크크크킄."

권휘가 이를 드러내며 웃었다.

그때였다.

지금까지 김동하의 몸에서 튕겨져 나오던 빗줄기가 그대로 김동하의 몸에 떨어졌다.

김동하가 아예 무량기의 기운을 거두어들였기 때문이다.

그 때문에 한쪽에 서 있던 한서영도 해동무벽이 사라지며 고스란히 비를 맞을 수밖에 없었다.

두 개의 기운은 김동하의 무량기가 공존하고 있는 상황이었기에 김동하가 무량기를 거두자 해동무벽도 사라진 것이었다.

한서영은 해동무벽이 갑자기 사라지고 비가 자신의 몸으로 쏟아지는 순간 흠칫 놀랐지만 움직이지 않았다.

한서영의 눈이 커졌다.

한서영은 김동하가 지금까지는 보지 못했던 노기를 품었다는 것을 직감했다.

등만 보이고 있는 김동하의 몸에서 말 그대로 손을 댈 수도 없을 정도로 서늘한 예기가 흘러나왔다.

김동하가 권휘를 바라보며 발걸음을 한발 옮겼다.

철벅—

지금까지 젖지 않았던 김동하의 발이 물속에 발목까지 잠겨들었다.

김동하가 천천히 입을 열었다.

"네놈의 손으로 스승님과 사숙을 해친 것이냐?"

권휘가 웃었다.

"크큭 그러고 싶었지만 나로서는 고작 네놈이 사숙이라 부르는 땡중의 눈알을 파내고 팔 하나를 뜯어내었을 뿐이야. 그때 네놈의 스승이었던 늙은 땡중이 어린아이처럼 우는 소리를 들었지. 천한 네놈의 스승과 사숙의 명은 천공불진이 다시 만들어진 이후 나의 아버지가 손수 거두어주었다. 이제 궁금한 것이 풀렸느냐?"

그때였다.

김동하의 주먹이 조용히 감겨들었다.

우드드득.

김동하의 주먹에서 뼈가 바스러지는 듯한 소리가 들렸다.

쏟아져 내리는 비를 고스란히 맞고 있는 김동하의 눈빛이 파랗게 타오르고 있었다.

김동하의 그런 모습을 본 권휘가 이를 드러내며 웃었다.

"크크크 천한 네놈이 버리고 떠난 스승과 사숙의 안부를 듣게 되니 화가 난 것이냐? 그래보았자 아무 소용이 없다. 네놈이 할 수 있는 것은 아무것도 없으니까 말이다. 어쩌냐? 지금이라도 네놈이 가진 권능과 계집을 버리고 조용히 떠나면 네놈의 명은……."

권휘가 김동하를 바라보며 말을 하던 순간 다시 천둥소리와 함께 번개가 내리쳤다.

이번에는 김동하가 서 있는 아파트 옥상에서 그리 멀지 않은 거리였다.

쿠르르르르르르르.

콰콰쾅.

그야말로 귀가 먹먹할 정도의 엄청난 천둥소리가 터져 나왔다.

그 때문에 권휘의 마지막 말은 들리지도 않았다.

번갯불이 번득일 때 쏟아지는 빗속에서 김동하의 얼굴이 마치 하얀 납가루로 만든 분을 바른 인형 얼굴처럼 떠올랐다.

권휘의 이맛살이 찌푸려졌다.

낙뢰소리 때문에 자신의 말을 김동하가 듣지 못했다는

것을 느낀 것이다.

권휘가 입술을 열었다.

"다시 말할 테니 똑똑히……."

재차 말을 하려던 순간 권휘의 눈이 커졌다.

몇 걸음 떨어져 있다고 생각했던 김동하의 얼굴이 한순간에 눈앞으로 다가섰기 때문이다.

동시에 천천히 움직이는 김동하의 주먹이 눈에 들어왔다.

권휘가 이를 악물었다.

"천한 놈이 살길을 알려주었건만 스스로 죽음을 재촉하는구나."

말을 마친 권휘가 자신의 가슴을 향해 느리게 밀고 들어오는 김동하의 손을 밀어내기 위해 왼 주먹을 들어올렸다.

무량기의 공력을 실은 권휘의 주먹은 콘크리트로 만들어진 담벼락도 단번에 뚫어버릴 정도로 강력한 힘이 실려 있었다.

권휘는 그런 자신의 주먹이라면 이렇게 늦은 김동하의 팔을 단번에 핏덩이로 만들 수 있을 것이라고 생각했다.

권휘가 김동하가 찔러오는 오른손 주먹을 자신의 왼 주먹으로 마주쳤다.

투두두두둑.

쏟아지는 빗방울이 권휘의 주변에서 콩 볶는 소리를 내

며 튕겨나가고 있었다.

한순간에 권휘가 자신의 몸에 담긴 무량기를 최고수준으로 끌어올린 탓이었다.

느리게 움직이는 김동하의 주먹을 무량기가 가득 실린 권휘의 왼 주먹이 허공에서 부딪쳤다.

쩌적—

콰지직—

권휘는 자신의 주먹에 느리게 움직이는 김동하의 오른 주먹이 뼛조각도 남지 않고 터져나갈 것이라고 자신했다.

하지만 그것은 권휘의 착각이었다.

김동하의 오른손 주먹을 후려치는 순간 권휘는 지금까지 경험해 보지 못한 느낌을 받았다.

그야말로 천근의 바위를 후려치는 느낌이 들었다.

동시에 그의 왼 주먹에서 엄청난 통증이 느껴졌다.

"큭, 이 천한 놈이 꽤……."

주먹에서 느껴지는 통증에 이를 악물고 뒤로 물러서는 순간 권휘의 얼굴이 굳어졌다.

자신의 왼손이 이상하다는 것을 그제야 느낀 것이었다.

권휘의 귀로 나직한 김동하의 목소리가 들려왔다.

"한줌의 뼈도 남겨놓지 않을 것이다. 도망을 칠 수도 없을 것이니 살고 싶다면 네놈이 가진 재주를 다 펼쳐 보거라."

그야말로 지옥의 유부에서 들려오는 것 같은 너무나 섬뜩한 목소리였다.

권휘가 주춤 뒤로 물러섰다.

"이, 이게 어떻게……."

권휘는 자신의 왼 주먹이 손목만 남기고 없어졌다는 것을 비로소 알았다.

동시에 등골을 후벼 파는 듯한 지독한 통증이 온몸으로 파고들었다.

"끄그극."

순간 또다시 뇌성과 번개가 떨어졌다.

콰르르르르르.

콰쾅.

번득이는 번갯불 속에서 주먹을 움켜쥐고 뒤로 물러서는 권휘의 발아래로 시뻘건 핏물이 빗물에 섞여 떨어져 내렸다.

권후의 발아래가 삽시간에 시뻘건 핏물로 적셔지면서 이제는 아예 주변이 핏물로 채워진 듯했다.

그것뿐만 아니었다.

지금까지 권휘의 주변에서 튕겨지던 빗물이 삽시간에 권휘의 몸을 적시기 시작했다.

찰박.

김동하가 권휘가 물러선 거리만큼 다가서며 거리를 좁혔다.

"네놈이 한 번도 경험하지 못한 지옥이 어떤 곳인지 느끼게 될 것이다. 온전히 네놈이 가진 천명만 회수하는 것으로 끝내지 않을 것이니 일러준 대로 네놈이 할 수 있는 것은 다 해보거라."

또다시 얼음장 같은 김동하의 목소리가 권휘의 귀로 파고들었다.

약간 머리를 숙이고 있는 김동하의 모습은 너무나 섬뜩하고 두려웠다.

권휘는 자신의 머리끝이 쭈뼛 서는 느낌이 들었다.

왼손의 통증을 잠시 잊을 정도로 충격이었다.

권휘로서는 지금까지 살아오면서 처음으로 맞이하는 소름끼치는 살기였다.

권휘가 이를 악물며 두 발을 버티고 섰다.

"이 망할 놈이 잠시 방심한 틈에……."

권휘는 자신이 김동하의 손에 당했다고 생각하지 않았다.

다만 자신이 조금 방심한 틈에 김동하의 악수에 당했다는 생각이 들었다.

권휘가 남은 오른손을 들어올리며 전신의 무량기를 모두 끌어올렸다.

그 순간 권휘의 얼굴이 굳어졌다.

자신이 생각한 것 보다 몸속에 남아 있는 무량기의 기운이 얼마 되지 않다는 것을 느낀 것이다.

평소에는 차고 넘치던 무량기의 기운이 한순간 절반이나 사라진 것을 직감했다.

권휘가 얼굴을 굳히며 자신의 앞으로 다가서는 김동하를 바라보았다.

권휘의 입이 벌어졌다.

"어?"

그의 입에서 무언가를 보며 놀라는 탄성이 터져 나왔다.

권휘의 눈에 들어온 것은 김동하의 두 눈에서 피어오르는 마치 좀 전에 아파트 근처에서 떨어진 번갯불보다 더 시퍼런 안광이었다.

마치 김동하의 두 눈에 횃불이 켜진 듯 보였다.

권휘의 등에 소름이 돋았다.

그때 김동하가 다시 오른손을 내밀었다.

김동하의 목소리가 들려온 것은 동시였다.

"네놈의 악으로 가득한 몸뚱이는 뼛조각 하나까지 지옥에서도 온전하지 못하게 만들어 줄 것이다. 피해보거라."

후우우우우웅.

또다시 김동하의 오른손이 천천히 다가들면서 지금까지 들리지 않았던 기묘한 진동음이 울렸다.

권휘의 얼굴이 하얗게 굳어지고 있었다.

김동하의 손이 다가오는 순간 온몸을 저릿하게 만드는

엄청나게 강맹한 경기를 느낀 것이다.

그것은 마치 대장간에서 달구어진 쇳덩이를 향해 전신의 힘을 실은 대장장이의 모루가 떨어지는 듯한 느낌이었다.

권휘가 자신도 모르게 오른손을 들어올려 자신의 몸을 향해 파고드는 김동하의 오른손을 막아내려고 내리쳤다.

뻐억.

콰득——

콰지직——

권휘가 자신의 몸을 파고드는 김동하의 오른손을 피하며 남아 있는 오른손으로 내려치는 순간 섬뜩한 소리가 터져 나왔다.

그것은 뼈가 부서지는 소리였다.

권휘의 입에서 자신도 모르게 비명소리가 흘러나왔다.

"끄악!"

권휘는 김동하의 오른손을 내리치는 순간 거대한 쇠몽둥이를 상대로 후려친 것 같은 느낌을 받았다.

눈을 돌려 보니 자신의 오른손은 가볍게 부서져 나간 뒤였다.

권휘의 오른팔은 팔목에서 한 뼘쯤 위에서 부서져 아래로 꺾여 있었다.

더구나 부러진 곳에서 뼈가 권휘의 오른팔 살가죽을 뚫고 밖으로 삐져나와 있었다.

"어, 어어어어어."

권휘의 입에서 뜻을 알 수 없는 기묘한 소리가 흘러나왔
다.

"사, 사장님."

"사장님."

권휘와 김동하의 대결을 바라보고 있던 김영덕과 이상배
가 하얗게 질린 얼굴로 뒤로 물러서는 권휘에게 소리쳤다.

왼팔은 손목부터 아예 가루가 되어 떨어져 내렸고 오른
팔은 팔꿈치의 아래쪽부터 부러져 아래로 늘어져 살가죽
에 붙어 덜렁거리고 있었다.

정확하게 말하자면 권휘의 왼손은 잘려나간 것이 아니라
김동하의 오른손과 충돌하는 순간 안으로 밀려들어가 권
휘의 왼손목에 엉겨 붙어 있었다.

다만 그것이 피투성이가 되어 정확하게 어떻게 된 것인
지 확인하지 못했을 뿐이었다.

그 대신 오른손은 겉으로 보기에도 확연하게 부러진 것
이 확인되었다.

권휘는 자신이 이렇게 된 것이 이해가 되지 않았다.

아버지와 함께 지금 이 세상에서 자신을 해칠 인간은 존
재하지 않는다고 스스로 자부했던 권휘였다.

그런 자신이 지금은 두 팔을 모두 잃은 장난감 인형같은
모습으로 변한 것이다.

권휘는 지금의 상황이 이해가 되지 않는다는 얼굴로 김동하를 바라보았다.

그의 눈에 너무나 싸늘한 표정으로 다가서고 있는 김동하가 보였다.

철벅철벅.

권휘가 자신도 모르게 뒤로 걸음을 옮겼다.

더구나 지금은 아예 무량기의 기운이 모이지도 않았다.

"어, 어떻게……."

권휘가 김동하를 바라보며 하얗게 질린 얼굴로 더듬거렸다.

김동하가 천천히 권휘에게 다가서며 입을 열었다.

"사악한 너의 아비에게 물려받은 재주가 이것뿐이더냐? 말해두었듯이 네가 가진 재주를 다 피워 보거라."

김동하의 입에서 또다시 얼음장 같은 목소리가 흘러나왔다.

권휘가 자신도 모르게 뒤를 돌아보았다.

자신이 올라왔던 아파트 옥상의 철문이 보였다.

문의 손잡이가 떨어져 나간 옥상의 철문은 절반쯤 열려 있었다.

권휘가 김동하를 보며 더듬거렸다.

"자, 잠깐……."

두 손을 들어 다가오는 김동하를 막아보려고 했지만 부

서진 왼손과 부러져 나간 권휘의 오른팔이 헝겊조각처럼 애처롭게 흔들렸다.

부서진 왼손과 부러진 오른손에서 쉴 새 없이 시뻘건 피가 흘러내리면서 빗물로 가득한 옥상바닥을 시뻘건 핏물로 만들어 놓고 있었다.

권휘가 흘린 핏물이 빗물에 섞여 한쪽에 뚫어놓은 배수구로 흘러나갔다.

권휘가 눈을 껌벅이며 김동하를 바라보았다.

천천히 자신을 향해 다가서는 김동하의 표정은 말 그대로 한 올의 온기도 느껴지지 않을 만큼 얼음장 같은 표정 그대로였다.

또다시 천둥과 번개가 내리쳤다.

우르르르르르.

콰쾅—

쏴아아아아아아.

폭우가 내리는 속에서 번갯불에 비쳐진 김동하는 말 그대로 지옥에서 현신한 사신처럼 섬뜩하고 두려운 모습이었다.

권휘가 입술을 잘근 깨물었다.

그때 김동하가 다시 입을 열었다.

"도망을 칠 생각이더냐? 아마 넌 두 걸음도 걷지 못하고 포기하게 될 것이다."

김동하가 푸른 안광이 가득한 시선으로 권휘를 바라보았다.

권휘의 다리가 휘청거리고 있었다.

갑자기 달라진 김동하의 모습에 놀란 사람은 권휘뿐만 아니었다.

한서영의 어머니와 아버지를 납치하기 위해서 한서영의 본가를 밀고 들어왔던 김영덕과 이상배역시 하얗게 질린 얼굴로 김동하를 바라보고 있었다.

특히 이상배는 마귀라는 별명을 가진 권휘라면 김동하의 사지를 꺾어 놓을 수 있을 것이라고 믿었다.

권휘에게 부탁을 해서 자신의 손으로 김동하의 숨통을 끊어 놓을 수 있을 것이라고 확신했지만 실상은 그 악마같았던 마귀 권휘가 김동하의 손에 처참하게 무너지는 충격적인 현실과 마주하고 있었다.

권휘는 자신을 향해 천천히 걸음을 옮기고 있는 김동하의 시선을 보는 순간 자신도 모르게 등에 소름이 돋아나는 것을 느꼈다.

"오, 오지 마."

말을 하는 권휘가 머리를 돌려 열린 철문 쪽으로 시선을 던졌다.

철문을 통해 옥상을 빠져나간다면 모두가 잠든 아파트에서 소란을 피워 이 위기를 넘길 수도 있을 것이라는 계산을 하고 있었다.

현재 스카이캐슬 아파트의 주민들이라면 외부에서 들려오는 뇌성벽력으로 114동의 옥상에서 벌어지고 있는 이 상황을 전혀 모르고 있을 것이다.

그렇지만 아파트 내부에서 살려달라고 소란을 피운다면 곤히 자고 있던 아파트 주민들이 몰려나올 것이고 그렇게 되면 김동하의 손에서 벗어날 수 있을 것이라는 계산이었다.

계산을 마친 권휘가 입술을 악물며 철문이 있는 곳으로 뛰었다.

철벅철벅.

어찌된 영문인지 권휘는 몸에서 이제 전혀 무량기를 끌어올릴 수가 없었다.

그것은 김동하가 권휘와 손을 섞는 순간 권휘의 몸을 채우고 있던 무량기를 흡수해 날려버렸기 때문이다.

권휘가 수련한 무량기는 김동하가 익힌 무량기와 같은 기운임에는 틀림없었지만, 순수한 자연의 기운을 정합하고 정제하여 갈무리한 김동하의 정종의 무량기와는 달리 권휘는 피와 역한 악기로 추악하게 오염되어 있었기에 권휘가 가진 무량기는 김동하의 기운과 섞이지 않았다.

그 때문에 권휘로부터 흡수한 기운을 모두 날려버리는 것이 최상이었다.

두 번의 충돌로 김동하는 권휘가 가진 무량기의 9할을 흡수하여 날려버렸기에 지금의 권휘는 겨우 뜀박질이나 할 정도의 기운밖에 없었다.

만약 권휘가 김동하의 스승인 해원스님과 막내사숙 해인스님을 해친 것으로 도발하지 않았다면 김동하의 손에서 제법 몇 수 정도는 버텼을지 모를 일이었다.

하지만 김동하를 자극해서 도발함으로써 김동하가 처음부터 최상의 수를 쓰게 만들었다.

그것이 권휘가 저지른 그야말로 혀를 깨물 정도로 치명적인 실수가 되었다.

권휘는 천성이 여리고 겁이 많아 누구를 해치지 못할 것이라고 생각했던 김동하가 자신으로서는 감당이 되지 않을 정도의 엄청난 힘을 숨기고 있었다는 것에 온몸이 떨렸다.

조금이라도 김동하에게서 떨어지고 싶은 생각뿐이었다.

그리고 반드시 살고 싶었다.

그 때문에 권휘의 움직임은 필사적이었다.

그때였다.

"두 걸음을 움직이지 못할 것이라고 했는데 잊은 모양이군?"

싸늘한 김동하의 목소리와 함께 권휘는 자신의 온몸이 한순간에 굳어지는 것을 느꼈다.

"소, 송엽탄금."

권휘는 자신의 몸이 움직여지지 않는 것이 해동무의 절기 중 하나인 송엽탄금이라는 것을 직감했다.

지금 옥상바닥에 널브러진 부하들 역시 송엽탄금이라는 금제술에 당한 것임을 알고 있는 권휘였다.

그 역시 송엽탄금이라는 기술을 알고 있었기에 그것에 당하면 손가락 하나 움직일 수 없다는 것을 너무나 잘 알았다.

다만 자신은 송엽탄금을 펼칠 때 실제로 사람의 몸의 혈맥을 짚어 금제를 해야 하지만 김동하는 거리가 떨어져 있는 상태에서 허공을 격하고 점혈을 한 것이 달랐다.

이런 점혈이라면 아버지 해진이라고 해도 할 수 없을 정도로 최상승의 점혈수법이라는 것을 직감하며 오금이 저려왔다.

권휘가 눈을 파르르 떨면서 자신의 앞으로 돌아오는 김동하를 바라보았다.

"이, 이럴 수가……."

김동하가 차가운 시선으로 권휘를 보며 입을 열었다.

"내 말을 잊은 모양이군? 당신의 뼈마디 하나라도 지옥에서조차 온전하게 남아 있지 않게 할 것이라고 했는데 말이야."

권휘의 몸이 파르르 떨렸다.

"도, 동하……."

권휘는 자신도 모르게 김동하의 이름을 불렀다.

김동하가 싸늘한 시선으로 권휘를 바라보았다.

"당신의 그 추악한 입에 담을 나의 이름이 아니다."

"사, 살려다오. 제발."

권휘의 이마에 땀이 흐르기 시작했다.

쏟아지는 빗물로 인해 금방 땀이 씻겨 나갔지만 지금의 권휘는 그야말로 죽음을 눈앞에서 마주하고 있는 느낌이었다.

김동하가 싸늘한 시선으로 권휘를 바라보았다.

"스승님과 사숙을 해친 자가 해야 될 말은 아닌 것 같은데."

"제, 제발……."

권휘의 몸이 부들부들 떨리고 있었다.

지금까지 살아오면서 단 한 번도 자신이 이런 상황에 처하게 될 것이라곤 상상조차 해 보지 않았던 권휘였다.

하지만 지금 김동하의 시선과 마주치는 순간 그는 절박하게 죽음이라는 상황을 떠올리고 있었다.

김동하가 머리를 흔들었다.

"당신은 천명을 회수하기도 역겨운 인간이다."

권휘가 몸을 비틀었다.

"나, 난 아버지가 시킨 대로 한 죄밖에는……."

변명을 하려던 권휘의 입을 김동하가 손을 내밀어 움켜쥐었다.

콰콱.

콰지직—

"크르륵."

김동하가 권휘의 턱을 움켜쥐자 한순간에 권휘의 턱이 부서지며 김동하의 손이 그의 턱을 뚫고 박혀들었다.

그 때문에 권휘의 턱뼈와 함께 이빨이 부서지며 벌어진 입을 통해 빠져나와 빗물로 흥건한 바닥으로 떨어져 내렸다.

김동하가 턱을 움켜쥔 권휘의 얼굴을 자신의 앞으로 당겼다.

"천명을 가지고 싶다고 했지? 과연 당신이 그것을 가질 수 있는 능력이 있는지 궁금하군."

"크르륵."

권휘는 몸을 비틀어 김동하의 손에서 빠져나가고 싶었지만 손가락 하나 움직여지지 않았기에 절망했다.

김동하가 권휘의 턱을 움켜쥐고 머리를 돌렸다.

김동하는 하얗게 굳은 얼굴로 넋이 빠진 표정을 짓고 바닥에 주저앉아 있는 이상배를 바라보았다.

독기로 뭉쳐진 자였기에 애초부터 용서할 생각이 없었다.

김동하가 이상배를 향해 손을 가볍게 내밀었다.

순간 이상배의 눈이 찢어질 듯 부릅떠졌다.

김동하와 3m 이상 떨어져 있는 거리였지만 마치 눈앞에서 김동하가 자신의 멱살을 틀어잡는 듯한 느낌이 들었다.

동시에 그의 몸이 자신도 모르게 벌떡 일어나고 있었다.

"이, 이게······."

주르르륵—.

이상배는 마치 무언가에 끌려가는 느낌이 들면서 김동하의 앞으로 끌려왔다.

이상배가 몸을 버둥거렸지만 너무나 완강한 힘이 옭아매고 있다는 것을 느꼈다.

터억.

김동하의 앞으로 끌려온 이상배의 목을 김동하가 너무나 가볍게 틀어쥐었다.

이상배의 몸이 부르르 떨렸다.

"사, 살려주십시오."

자신의 눈앞에서 마귀라 불리던 권휘가 마치 어린아이처럼 당하는 것을 본 이상배는 단숨에 머릿속이 하얗게 비워지는 느낌이 들었다.

김동하가 이상배를 바라보았다.

"천명을 회수할 것이니 남은 생은 부디 선한 마음으로 살다가거라."

김동하의 말에 권휘가 놀란 얼굴로 김동하를 바라보았다.

이상배는 김동하의 말을 자신을 죽인다는 뜻으로 들었다.

이상배가 몸을 버둥거리며 눈물을 흘렸다.

"사, 살려주십시오. 제가 정말 잘못했습니다. 크흐흐."

이상배의 말에 김동하는 전혀 대꾸하지 않았다.

일순 김동하의 손에 멱살이 잡혀 있던 이상배의 얼굴이 변하기 시작했다.

김동하의 손에 턱이 움켜잡힌 권휘는 자신의 눈앞에서 이상배의 얼굴이 변하는 것을 보며 입에서 침을 흘렸다.

"크허허허허."

권휘의 입에서 알아들을 수 없는 괴성이 흘러나왔다.

그것은 극복해지지 않는 공포였고 무엇으로도 대신할 수 없는 두려움이었다.

스스스스스스.

장대처럼 쏟아지는 빗속에서 삽시간에 이상배는 90살 먹은 노인의 얼굴로 변하고 있었다.

팽팽하던 피부가 가뭄에 갈라진 논바닥처럼 징그러운 주름으로 덮였고 수북했던 머리칼은 삽시간에 절반이 빠져나갔다.

동시에 악기로 가득했던 두 눈은 초점을 잃은 동태의 눈

224

처럼 변해버렸고 허리까지 구부정하게 굽어지고 있었다.

이상배의 천명을 회수한 김동하는 그것을 바라보는 권휘를 보며 입을 열었다.

"당신같이 사악한 인간이 욕심을 낸다고 가질 수 있는 힘이 아니고 가진다고 해도 당신의 힘으로 제어할 수도 없는 것이 천명의 권능이다. 바르지 않으면 통하지 않고 옳은 것이 아니라면 의지를 받아도 행할 수 없는 힘이란 말이다. 사악함으로 가득한 당신 같은 인간에겐 어쩌면 이 권능이 천형이 될 수도 있다는 것을 알아야 할 거야."

그야말로 얼음장 같은 김동하의 말에 권휘가 몸을 부르르 떨었다.

권휘가 하얗게 질린 얼굴로 더듬거렸다.

"사, 살려다오… 크르륵… 다, 다시는 두 번 다시는 네 앞에 나타나지 않을 것이다."

턱이 부서진 권휘가 입으로 피를 쏟아내며 애원했다.

권휘는 간절하게 김동하의 손에서 벗어나고 싶었다.

김동하의 입꼬리가 살짝 올라갔다.

"날 부를 때 항상 천한 놈이라고 불렀지? 그 천한 놈에게 목숨을 구걸하는 당신의 지금 모습은 어떤 것 같나? 그리고 날 천한 놈이라고 부르는데 왜 내가 천한 놈이지?"

김동하의 서늘한 눈이 쉴 새 없이 흔들리고 있는 권휘의 눈을 들여다보았다.

그때 또다시 천둥소리와 함께 번개가 떨어졌다.

쿠르르르르르.

콰쾅—

쏴아아아아아아.

쉴 새 없이 쏟아지는 빗속에서 전신이 흠뻑 젖은 김동하와 권휘의 모습은 번갯불 속에서 섬뜩하게 떠올랐다.

권휘가 몸을 부들부들 떨면서 더듬거렸다.

"나, 난……."

무엇이라도 변명을 해야 했지만 둘러댈 말이 없었다.

아버지 해진이 김동하를 지칭할 때 천한 놈이라는 말을 썼기에 자신도 그렇게 사용한 것뿐이었다.

해진은 자신이 아닌 어린 김동하에게 하늘이 안배한 천명의 권능이 주어졌다는 것을 질투하여 천한 놈이라는 말을 사용했지만 권휘는 아버지의 의중을 알 수가 없었기 때문이다.

한편 김동하의 손에 잡혀 천명을 회수당한 이상배는 자신의 모습이 바뀌었다는 것을 느끼며 온몸에서 힘이 빠졌다.

"크허허허 내가, 내가 어떻게……."

이상배는 자신의 손등이 주름투성이로 변한 것이 번갯불 속에서 드러나자 엄청난 충격에 몸을 떨었다.

또한 눈의 초점도 제대로 잡을 수 없을 정도로 시력이 떨

어지고 비를 맞은 탓인지 몸에서는 오한이 느껴졌다.

김동하가 서늘한 시선으로 이상배를 바라보다가 그를 한 쪽으로 밀며 입을 열었다.

"당신에겐 이제 남아 있는 시간이 별로 많지 않을 거야. 지은 죄를 사죄하며 삶을 마감하기에도 부족한 시간일 테 지. 그게 지금까지 당신이 살아온 당신의 삶에 대한 응답 이다."

철푸덕.

김동하에게 밀린 이상배가 흥건하게 고인 물 위로 주저 앉았다.

깡이라고 하면 누구에게도 밀리지 않아 독종이라 자처해 왔던 이상배에겐 이제 스스로의 몸을 지탱할 최소한의 힘 도 남아 있지 않았다.

이상배의 뒤쪽엔 운영4팀의 팀장인 김영덕이 주저앉아 있었다.

김영덕은 이상배가 뒤로 밀리며 주저앉는 순간 이상배의 모습을 보며 입을 쩍 벌렸다.

그의 눈에 이상배는 마치 무덤 속에서 기어 나온 미라처 럼 너무나 기괴한 모습으로 비쳤다.

이상배는 자신이 지금 어떤 상황인 것인지 이해가 되지 않는지 희미한 눈으로 자신의 두 손을 번갈아 바라보고 있 었다.

손에는 전혀 힘이 들어가지 않았고 살점이 없이 뼈에 가죽을 덧씌워 놓은 것처럼 강팍하게 보이는 손등이 그의 눈에 들어왔다.

이상배를 밀어낸 김동하가 다시 권휘를 바라보았다.

권휘는 너무나 압도적인 김동하의 모습을 바라보며 몸을 떨고 있을 뿐 어떤 반항도 할 수가 없었다.

그의 몸에 조금의 무량기라도 남아 있었다면 그 힘을 빌려 김동하의 손을 떼어낼 수도 있었지만 지금의 그의 몸속에는 지푸라기 하나라도 들어올릴 힘조차 남아 있지 않았다.

그저 김동하가 손을 흔들 때마다 턱이 부서질 것 같은 통증과 함께 몸이 흔들거릴 뿐이었다.

두 팔을 사용할 수 없었기에 지금의 권휘는 그냥 김동하의 손에 잡힌 헝겊인형이나 마찬가지였다.

김동하가 권휘를 보며 물었다.

"당신의 아버지 해진은 어디에 있나? 부영그룹이라는 곳에 있나?"

김동하의 말에 권휘가 눈을 껌벅였다.

"아, 아버지의 위치를 말해준다면 날 놓아줄 테냐?"

권휘는 아버지 해진의 위치를 알려주는 조건으로 김동하의 손에서 벗어나고 싶었다.

김동하가 차가운 목소리로 입을 열었다.

"잊은 모양이군? 해진이 어디에 있는지 당신의 입을 통해 듣지 않아도 상관없어. 이제 내가 해진을 찾아갈 테니까. 아마 예전에 천공불진을 열던 그날 인왕산의 도깨비소에서 쫓기듯 도망쳐야 했던 나와는 전혀 다른 나를 만나게 될 거야. 지금까지는 비록 스승님과 해인사숙의 면을 보아 해진과 같은 사악한 자를 그나마 사숙의 배분으로 대했지만, 그 연을 스스로 끊은 이상 해진은 더 이상 나에게 사숙으로 대접받을 수 없을 것이다."

김동하의 말은 너무나 싸늘했다.

권휘가 몸을 떨며 힘없이 김동하를 바라보았다.

지금의 상황에서 김동하의 손아귀를 절대로 벗어날 수 없다는 것을 그제야 절감한 권휘였다.

권휘의 눈에서 눈물이 후드득 떨어져 내렸다.

하지만 그 눈물은 쏟아지는 빗물에 섞여 그가 울고 있다는 것도 느낄 수 없었다.

권휘가 울면서 입을 열었다.

"살려다오… 으흐흐. 비록 악연이지만 너에게 직접적으로 해를 끼친 적이 없지 않으냐?"

권휘의 말에 김동하가 싸늘하게 웃었다.

"훗, 죽는 게 두려운가? 당신의 입으로 내게서 천명을 가져가겠다고 자신하던 당신의 그 도도함은 어디로 갔지?"

권휘가 눈을 질끈 감았다.

뱉어낸 말이었기에 주워 담을 수는 없지만 시간을 되돌릴 수만 있다면 아까 자신이 김동하에게 털어 놓았던 말을 모두 지워버리고 싶은 심정이었다.

김동하가 절망이 가득 담긴 권휘의 얼굴을 자신의 앞으로 당기며 입을 열었다.

"당신을 이 자리에서 죽이진 않겠어. 하지만 그게 죽는 것 보다 더 큰 고통이라는 것을 절감하게 될 거야."

김동하의 말에 권휘가 눈을 부릅떴다.

"나, 날……."

권휘는 김동하가 자신 역시 좀 전의 이상배처럼 천명을 회수할 것이라는 생각이 들자 온몸에서 소름이 돋아났다.

김동하가 차가운 얼굴로 권휘를 바라보았다.

"당신이 지금까지 저질러온 숱한 악행의 근원을 전부 회수한다. 아마 이제부터 당신 스스로는 무엇도 할 수가 없을 거야. 그것이 얼마나 참혹한 형벌인지 뼛속까지 깨닫게 되겠지."

김동하의 목소리가 마치 송곳처럼 권휘의 귓속으로 파고들었다.

말이 끝나는 순간 엄청난 기운이 김동하의 몸에서 피어올랐다.

후우우우우우우웅──

천명을 회수하는 것과는 전혀 다른 기운이었다.

동시에 한쪽에서 해동무벽이 사라진 탓에 비를 맞고 있던 한서영의 주변으로도 엄청난 기운이 피어올랐다.

끊어놓았던 김동하의 무량기가 다시 활성화 되면서 한서영을 지키기 위해 펼친 해동무벽이 다시 무형의 막을 만들기 시작한 것이다.

한서영의 입이 벌어졌다.

"아!"

또다시 펼쳐진 해동무벽의 공간은 따뜻하고 포근한 느낌이 가득 차 있었다.

지금까지는 몰랐던 해동무벽의 기운이 새롭게 한서영의 뇌리에 각인되었다.

한서영은 쏟아지는 빗물에 흠뻑 젖었던 자신의 몸이 순식간에 뽀송하게 말라가는 느낌을 받았다.

해동무벽의 기운이 한서영의 몸을 적시던 습기까지 모두 단번에 날려버린 것이다.

한편 권휘는 김동하가 무량기를 끌어올리는 순간 자신의 온몸에서 피가 모두 뽑혀 나가는 듯한 지독한 상실감에 몸을 부르르 떨었다.

그것은 김동하가 권능을 빌어 천명을 회수하는 것과는 또 다른 느낌이었다.

권휘의 입이 쩍 벌어졌다.

"끄그극."

투둑—

권휘의 몸에서 무언가 터져 나가는 소리가 들렸다.

그것은 권휘의 몸에 숨겨져 있던 무량기의 근본인 단전이 터져 나가는 소리였다.

"으허허허허."

권휘는 자신의 단전이 터져 나가는 순간 손가락 하나 움직일 수 있는 힘조차 사라지는 것을 느꼈다.

권휘의 단전을 지워버린 김동하가 권휘의 머리 위에 손을 얹었다.

후우우우우웅.

또 다른 희미한 소성이 김동하의 손에서 흘러나왔다.

이어 권휘의 얼굴이 빠르게 변했다.

이상배처럼 권휘에게서도 천명을 회수한 것이다.

권휘의 얼굴이 마치 풍선에서 바람이 빠지듯 순식간에 깡마른 해골처럼 변했다.

팽팽했던 피부는 쭈글쭈글해지고 악기와 사기로 가득했던 두 눈도 썩은 동태의 눈처럼 혼탁한 막이 씌워졌다.

김동하가 한순간에 변해버린 권휘를 가볍게 뒤로 밀었다.

투욱—

철퍼덕.

권휘가 그야말로 아무런 힘도 없는 노인의 모습으로 변

해 뒤로 주저앉았다.

뒤로 주저앉은 권휘를 보며 김동하가 나직한 목소리로 입을 열었다.

"돌아가서 해진에게 전해. 날 찾아오지 않더라도 내가 찾아갈 것이니 스승님과 해인사숙을 해친 대가를 치를 준비를 하라고 말이야."

권휘가 떨리는 목소리로 대답했다.

"크흐흐 차, 차라리 날 죽여라. 이런 모습으로 어찌 살라고 하느냐?"

권휘는 자신도 이상배처럼 변했다는 것을 느끼며 이런 모습으로 더 이상 살고 싶은 생각이 들지 않았다.

김동하가 냉정한 시선으로 권휘를 바라보며 입을 열었다.

"죽는 것보다 더 참혹한 형벌이 될 것이라고 한 것을 잊었나 보군? 당신이 스스로 삶을 포기하는 것도 한 방법이겠지만 당신의 그 사악한 욕심은 그런 선택을 하지 못할 것 같군."

"……."

권휘가 절망 섞인 눈으로 김동하를 바라보다가 머리를 숙였다.

김동하가 노인의 모습으로 변한 이상배를 보며 몸을 떨고 있는 김영덕을 바라보았다.

김영덕은 김동하의 시선이 자신을 향하자 자신도 모르게 몸을 움찔거리며 김동하와 멀어지려는 듯 뒤로 물러섰다.

김동하가 그런 김영덕을 보며 입을 열었다.

"당신도 해진이 보낸 자겠군?"

김영덕의 입이 살짝 벌어졌다.

자신은 해진이 누군지 알지 못했다.

부영그룹의 회장인 천종모가 김동하가 말하는 해진이라는 것은 그로서는 짐작조차 하지 못하고 있었다.

김영덕이 파르르 떨리는 시선으로 김동하의 얼굴을 바라보았다.

억수처럼 쏟아져 내리는 빗속에 담담하게 서 있는 김동하의 모습은 말 그대로 지옥에서 현신한 사신처럼 보였다.

김동하는 김영덕의 표정을 보며 그가 해진이라는 이름을 알지 못한다는 것을 직감했다.

하긴 이곳에서 해진이라는 법명을 그대로 사용하지는 않을 것은 분명했다.

김동하가 다시 물었다.

"천종모라는 자를 알고 있겠지?"

김동하의 물음에 김영덕이 눈을 동그랗게 치켜떴다.

김동하가 권휘를 이미 알고 있다는 것도 놀랐지만 부영그룹의 천종모 회장까지 이미 알고 있다는 것이 놀라웠다.

더구나 그냥 단순하게 아는 것이 아닌 무언가 오래된 은

원이 맺혀 있음을 권휘와의 대면 때부터 느낄 수 있었다.

"아, 알고 있습니다. 우리 회장님이십니다."

김영덕은 김동하의 말에 순순히 대답하지 않으면 자신도 이상배나 권휘처럼 노인의 모습으로 변하리란 두려움에 순순히 대답했다.

김동하가 힐끗 권휘와 바닥에 쓰러진 운영4팀의 팀원들을 훑어보았다.

김동하의 시선이 다시 김영덕에게 향했다.

"이자들을 당신들이 회장으로 모시는 해진, 아니 천종모에게 데려다 주도록 해. 그리고 곧 내가 찾아갈 것이니 더 이상 내 주변을 자극하는 일은 하지 않는 것이 좋을 것이라고도 전하고."

김동하의 말은 권휘를 대할 때와는 달리 무척 담담했다.

김영덕은 김동하가 자신을 놓아준다는 말을 하자 온몸의 힘이 풀렸다.

김동하의 시선을 받는 것은 온몸이 오그라들 정도로 긴장감을 가져다주었다.

때문에 자신을 놓아준다는 김동하의 말은 그동안 잔뜩 두려움에 떨고 있던 김영덕에게 탈진에 가까운 허탈감을 안겨주었다.

김영덕이 자신도 모르게 머리를 끄덕였다.

"아, 알겠습니다."

김동하가 김영덕을 차분한 시선으로 바라보며 다시 입을
열었다.

"다시 한 번만 더 나의 소중한 사람들을 노리고 이곳을
찾아온다면 그때는 이렇게 멀쩡한 몸으로 돌아갈 수 없다
는 것을 기억해야 할 거야. 당신뿐만 아니라 그 누구라도
절대로 그냥 보내지 않을 거란 말이야."

"며, 명심하겠습니다."

김영덕이 정신없이 머리를 끄덕였다.

김동하가 가만히 손을 들어 옥상바닥에 널브러진 운영4
팀의 금제된 팀원들에게 송엽탄금의 수법으로 해혈을 해
주었다.

그때까지 바닥에 코를 처박고 하마터면 발목 높이의 물
에서 익사를 할 뻔했던 운영4팀의 팀원들이 부르르 떨며
몸을 뒤척이기 시작했다.

"컥."

"허헙. 어푸푸."

"끄응."

"크르륵."

운영4팀의 팀원들이 입과 코로 스며들어온 빗물을 뱉어
내며 고통스런 표정으로 몸을 일으키기 시작했다.

이제 그 누구도 김동하를 향해 공격적 태도를 보이는 자
들은 없었다.

그들 역시 비록 금제가 되어 있기는 했지만 그토록 막강했던 권휘가 어린아이처럼 김동하에게 당하는 것을 직접 보고 들었기 때문이다.

그들을 금제에서 풀어준 김동하가 나직하게 입을 열었다.

"해진의 손에서 벗어나 다른 삶을 사는 것이 당신들에게는 그나마 남은 천명을 온전히 누리는 기회가 될 거야."

말을 마친 김동하가 한쪽에 굳은 얼굴로 서 있는 한서영을 향해 걸음을 옮겼다.

한서영은 김동하가 권휘를 상대할 때 너무나 무서운 모습을 보였기에 약간 놀란 얼굴로 김동하를 바라보았다.

김동하가 부드럽게 한서영의 어깨를 안으며 입을 열었다.

"이자들에 대한 처분은 이것으로 됐습니다. 우리는 돌아가도록 하지요."

한서영이 눈을 깜박이며 물었다.

"그 해진이라는 사람을 만날 거야?"

김동하가 굳은 얼굴로 머리를 끄덕였다.

"그럴 겁니다."

김동하가 너무나 단호하게 대답하자 한서영도 어쩔 수 없이 작게 한숨을 내쉬었다.

미국에서 킹덤이라는 갱조직을 상대할 때도 김동하가 이

정도로 화를 내진 않았던 것을 기억하고 있는 한서영이었
다.

 하지만 조금 전 권휘를 상대할 때는 여리고 온유한 성품
의 김동하가 마치 투신의 현신처럼 강력하게 느껴질 정도
로 노했다.

 한서영은 그 사실에 안타까움을 느꼈다.

 그리고 그것이 자신이 모르고 있는 또 다른 김동하의 모
습이었다는 것에 좀 더 김동하에 대한 감정이 애틋해지고
있음을 깨달았다.

 쿠르르르르르르르.

 콰쾅—

 또다시 천둥소리와 함께 번개가 번득였다.

 이번의 낙뢰는 스카이캐슬 아파트 단지에서 불과 500미
터도 되지 않을 정도의 가까운 거리였다.

 한순간에 주변이 밝아지면서 빗줄기 속에 두 남녀가 천
천히 허공으로 떠오르는 모습이 확연하게 드러났다.

 쏴아아아아아아.

 잠들어 있는 모두를 깨우기라도 할 듯 가을비라고 말하
기 어려울 정도의 폭우가 쏟아지는 옥상에서 신의 권능을
가진 남자가 여인을 안고 한순간에 사라졌다.

 김동하가 한서영을 안고 사라지자 그때까지 귀신을 본
듯 하얗게 질린 얼굴로 물속에 주저앉아 있던 김영덕이 엉

거주춤 몸을 일으켰다.

그의 시선에 물속에서 두 손이 모두 기괴한 모습으로 변한 채 꿈틀거리고 있는 권휘의 모습이 들어왔다.

"사, 사장님."

김영덕이 하얗게 질린 얼굴로 권휘에게 달려들었다.

예전에는 그렇게 무섭고 두려웠던 마귀 권휘가 이제는 하얗게 머리가 센 90살의 주름투성이 노인으로 변한 것을 보며 김영덕은 몸을 떨었다.

"사장님. 제가 모시겠습니다."

김영덕이 재빨리 권휘를 부축했다.

두 손뿐 아니라 턱의 뼈까지 모두 부서져 입 안에 빗물이 흥건하게 고인 것을 힘겹게 뱉어내고 있던 권휘는 김영덕이 안아 올리자 부르르 몸을 떨었다.

권휘가 꺼져가는 목소리로 중얼거렸다.

"나, 나를… 아버지에게 데려다 주게……."

권휘의 목소리는 금방이라도 숨이 끊어질 듯 힘겹게 들려왔다.

김영덕이 권휘를 안고 이제 막 몸을 일으키는 운영4팀의 팀원들을 보며 소리쳤다.

"이 자식들아 빨리 움직여."

김영덕의 재촉에 운영4팀의 팀원들이 하얗게 질린 얼굴로 김영덕의 주변으로 모이기 시작했다.

쿠르르르르르.

콰쾅—

또다시 번개가 내려치며 사방이 대낮처럼 밝아졌다.

그제야 운영4팀의 팀원들은 팀장 김영덕이 안고 있는 권휘의 변한 모습을 보며 부르르 몸을 떨기 시작했다.

김영덕이 한쪽에 주저앉아 있는 이상배를 보며 입을 열었다.

"두 명은 상배를 부축하고 나머지는 사장님을 모시고 내려가자."

김영덕은 이곳을 시선조차 던지기 싫을 정도로 두렵고 무서운 곳으로 인식한 것인지 돌아갈 것을 재촉했다.

새벽 3시 40분.

근 10년을 비추어 오늘 밤 내린 가을비는 역대 최대의 강수량인 180mm가 넘을 정도의 폭우로 쏟아지고 있다는 소식이 심야뉴스에서 흘러나오고 있는 새벽이었다.

차가운 피(冷血)

"쯧, 어찌 힘을 그 정도밖에 쓰지 못하느냐? 좀 더 위쪽을 주물러 보거라. 미향이 넌 다시 잔을 채우고."

저음의 목소리가 울리자 경직된 여자의 목소리가 들려왔다.

"네, 회장님."

"알겠습니다."

두 명의 여인의 목소리와 함께 술잔에 술이 채워지는 소리가 이어졌다.

쪼르르르르.

술이 채워지는 소리가 끝날 즈음 약간의 탄성이 섞인 남자의 한숨소리가 이어졌다.

"허어 좋구나. 그래 그렇게 힘을 주어 눌러야 안마라고
할 수 있다."

붉은 색의 보료가 펼쳐진 방 안에는 묘한 광경이 펼쳐졌
다.

후끈한 열기가 느껴지는 방 안에는 보료 위에 옆으로 몸
을 뉘인 중년남자가 한 명의 여자의 무릎을 베고 누워 있
었고, 다른 한 명의 여인이 남자의 하반신 쪽에 앉아 몸을
주물렀다.

10월이라고 해도 그다지 추위를 느낄 수 없는 날씨였지
만 방은 마치 한겨울에 난방을 틀어놓은 것처럼 꽤나 더웠
다.

더구나 바닥에 깔린 보료는 무척이나 두꺼워 한겨울 엄
동설한 때나 쓸 정도로 따뜻한 느낌을 주었다.

누워 있는 중년남자의 몸을 자신의 무릎으로 받치고 있
던 여인의 앞에는 과일을 비롯해 찜과 해물 등 제법 풍성
한 음식이 가득한 술상이 마련되어 있었다.

누워 있는 중년남자는 부산에서 서울로 본사를 이전한
부영그룹의 회장 해진이었다.

해진은 오늘밤 아들 권휘가 김동하의 장인과 장모를 이
곳으로 데려올 것을 기다리는 중이었다.

다른 사람도 아닌 권휘가 갔으니 멍청한 부하들처럼 실

수를 할 리는 없기에 안심하고 술을 마시며 기다리고 있었다.

여인의 안마를 받으며 누워 있는 해진의 모습은 무척이나 느긋했다.

술잔에 술을 따른 미향이라는 여인이 잔을 들어 해진의 앞으로 건넸다.

"술입니다. 회장님."

"오냐."

해진이 머리를 끄덕이며 손을 내밀어 미향이 건네주는 술잔을 받았다.

미향이 술잔을 건네고 이내 상 위에서 산적 하나를 젓가락으로 집어 들었다.

해진이 술을 마시면 안주로 건네줄 준비를 하는 것이었다.

산적을 젓가락으로 집은 미향이 느긋한 표정을 짓고 있는 해진을 보며 입을 열었다.

"근데 회장님, 창을 조금만 열면 안 될까요? 너무 더워서 땀이 흘러 화장이 지워져요."

미향은 방안의 공기가 너무 더워 견디기 힘들 정도였다.

해진이 술을 마시고 슬쩍 미향을 바라보았다.

해진의 상체를 무릎으로 받치고 있는 상황이었기에 미향이 해진을 내려 보는 자세였다.

"덥다고 했느냐?"

"네."

미향이 머리를 끄덕이자 해진이 웃었다.

"그럼 여길 한번 만져보겠느냐?"

해진이 미향의 손을 이끌어 자신의 가슴에 가져다 댔다.

순간 미향의 표정이 굳어졌다.

"어머."

해진의 가슴에 손이 닿는 순간 몹시 차갑고 서늘한 느낌이 들었다.

이렇게 차가운 인간의 몸은 미향으로서는 난생 처음이었다.

조금 전까지 느꼈던 더위가 한순간에 사라질 정도로 해진의 몸은 미향에게 시원함을 안겨주었다.

미향이 해진을 내려다보며 입을 열었다.

"회장님의 몸이 얼음처럼 차가워요."

해진이 잠시 미향을 바라보다 천천히 입을 열었다.

"사정이 있어 내 몸이 이런 것이니 놀랄 필요는 없다. 다만 몸이 차가워 방을 덥게 했으니 힘이 들면 넌 나가도 좋다."

해진의 말에 미향이 머리를 흔들었다.

"아, 아니에요. 제가 몰랐습니다. 견딜 수 있어요 회장님."

미향은 자신이 나가도 좋다고 말한 해진의 말에 기겁했다.

해진이 머물고 있는 프로방스 호텔의 지하에서 운영 중인 여왕벌의 마담 서정희가 해진의 술시중을 들어줄 상대로 여왕벌에서 최고의 미모를 자랑하는 임미향과 진하영을 지목했다.

해진의 술시중을 들어주면 여왕벌에서 벌어들이는 수익의 몇 배를 보상으로 지급받는 것은 여왕벌의 여급들도 잘 알고 있는 사실이었다.

해진이 여색을 탐하지 않고 오직 안마와 술시중을 받는다는 것도 여왕벌의 여급들에게는 최상의 조건이었다.

그저 해진의 몸을 안마하고 술시중을 들어주는 것만으로 500만원이라는 상당한 액수의 거금을 보상으로 지급받는다.

그중 절반은 여왕벌의 마담인 서정희의 몫으로 떼어주지만 250만원만 해도 여급들에겐 말 그대로 황송할 정도의 보상이었다.

그 때문에 호텔 최상층의 회장 거처에서 술시중을 들어줄 여급을 찾을 때면 서로 지원하려고 다툼까지 일어날 정도였다.

여왕벌의 여급들에게 부영그룹의 회장인 해진의 술시중은 말 그대로 횡재를 맞는 절호의 기회였기 때문이다.

특이한 것은 해진은 여자들의 미모를 보지 않고 그저 술시중과 안마를 잘하는 여급을 원했다.

그래서 미모가 떨어지는 여자들에게도 가슴 설렐 정도의 기회가 되었다.

하지만 오늘밤 여왕벌의 마담 서정희가 선발한 것은 여왕벌에서 최고의 미모를 자랑하는 임미향과 진하영이었다.

때마침 여왕벌의 손님 상황도 밤늦게 쏟아지는 가을비 때문인지 다른 날에 비해 적었고 매상도 별로였기에 두 여급을 해진의 숙소로 올려 보낸 것이다.

가을비치고는 제법 많은 양의 강우량이 예보되어 있었고 천둥과 낙뢰를 동반했기에 더더욱 손님들이 드문 상황이었다.

아마 지금쯤 여왕벌의 여급들은 쏟아지는 비를 탓하며 투덜거리고 있을 것이 분명했다.

그런 상황이니 해진이 나가도 된다는 말에 임미향이 깜짝 놀란 것이다.

임미향으로서는 해진의 술시중이 아니었다면 새벽에 빈손으로 퇴근할 수도 있었던 상황이니 절대로 이곳을 나갈 일이 있어서는 안 되었다.

해진이 임미향의 얼굴을 올려다보며 다시 입을 열었다.

"더우면 옷을 벗거라. 그래도 더우면 몸을 씻어 더운 것

을 식혀도 좋다."

해진의 말에 임미향이 머리를 끄덕였다.

"좀 더 더워지면 그렇게 할게요 회장님."

안마를 하고 있던 진하영도 임미향처럼 더운 것인지 이마와 콧잔등에 살짝 땀방울이 맺혀 있었다.

진하영이 해진의 다리를 주무르다 머리를 갸웃했다.

"근데 회장님, 궁금한 게 있어서 그러는데 제가 한 가지만 물어도 될까요?"

해진이 안마를 하고 있던 진하영을 바라보았다.

"무엇이 궁금한 것이냐?"

해진은 자신의 다리를 열심히 주무르고 있는 진하영이 마음에 든 듯 표정이 온화했다.

지금까지 몇 번의 술시중을 들어주었던 여왕벌의 다른 여급들보다 훨씬 미모가 뛰어나고 다른 여급들처럼 자신을 대할 때 겁을 먹은 눈치가 아니어서 더욱 마음에 들었다.

그것은 해진에게 특별한 기분을 만들어 주었다.

지금까지 자신을 본 많은 사람들은 강퍅하게 보이는 자신을 보며 지레 겁을 먹거나 두려움을 느껴 일정한 거리를 두었고, 그것이 해진을 더욱 차갑게 만들었다.

또한 해진도 그것이 자신에 대한 관심을 덜 가지게 만드는 길이라고 생각했다.

오죽하면 아들인 권휘까지 자신에겐 두려움을 느껴서 일정한 거리 이상 가까워지지 않으려 했음을 알고 있었다.

하지만 지금 자신의 술시중과 안마를 하고 있는 임미향과 진하영은 전혀 그런 기색을 보이지 않아 해진을 만족하게 만들었다.

해진은 앞으로 자신의 술시중을 오직 진하영과 임미향으로 고정할 생각까지 하고 있는 중이었다.

진하영이 해진의 얼굴을 보며 입을 열었다.

"천사장님이 정말 회장님의 아드님이세요?"

진하영의 말에 해진이 눈을 살짝 부릅떴다.

진하영이 말하는 천사장은 아들 권휘를 말하는 것임을 단번에 알아들은 해진이었다.

이곳에서 천사장이라 불리는 사람은 아들 권휘밖에 없으니 그것은 당연했다.

해진이 진하영을 보며 물었다.

"그게 왜 궁금한 것이냐?"

"천사장님이랑 회장님이랑 나이 차이가 그렇게 나지 않아 보여서 궁금했어요. 근데 사람들이 천사장님이 회장님의 아드님이라고 하셔서 정말 그런 것인지 물어보고 싶었습니다."

진하영의 말에 해진이 이를 드러내고 웃었다.

"허허, 넌 사람의 기분을 좋게 만드는 재주가 있구나?"

해진은 진하영이 자신을 아들 권휘와 같은 또래의 나이로 본다는 것이 마음에 들었다.

임미향이 끼어들었다.

"하영이 말이 맞아요 회장님, 정말 천사장님이 아드님이세요? 난 회장님이랑 형제나 친구 사이일 거라고 생각했는데 신기해요."

말을 하던 임미향이 입고 있던 윗옷을 벗기 시작했다.

"좀 더워요. 회장님 말씀대로 옷을 벗어야 할 것 같아요."

임미향이 옷을 벗는 순간 방 안에는 화장품 냄새와 여자 특유의 체향이 흘렀다.

해진의 입꼬리가 살짝 올라갔다.

해진이 여색을 밝히는 편은 아니었지만 여인에 대해 전혀 관심이 없는 목석도 아니었다.

권휘도 파계를 결정하고 들렀던 한양기루에서 만난 을희라는 기생과의 사이에서 얻게 된 아들이었다.

이후 사형인 해원스님에게 자신의 파계행적이 드러나 사문에서 파문을 당함으로써 김동하의 스승 해원스님과는 영원히 반목하게 된 것이다.

해진은 임미향이 옷을 벗어 상반신을 드러내자 한동안 여인에 대해 무심했던 자신의 마음이 흔들림을 느꼈다.

천공불진을 열어 이곳으로 오기 전에도 그다지 여색을

탐하는 것은 좋아하지 않았던 해진이었다.

게다가 천공불진을 통과하던 중 빙벽을 만나 무량기가 흐트러지면서 결국 그의 몸에 침범한 빙기로 인해 더더욱 색욕 따위와는 거리가 멀어졌다.

몸이 차가워지면 성정도 따라서 바뀌어 냉막함을 선호하고 반대기질인 온유함과 유순함을 잃어가는 것과 같은 이치였다.

천성이 차갑고 이기적이며 욕심이 많았던 해진에게 빙벽의 기운은 그를 더욱 냉막하게 만들었다.

하지만 이곳에 도착한 이후 그 빙벽의 기운을 이겨내기 위해 삼복더위에도 히터를 틀어 살아야 했던 그의 오랜 행적이 그나마 서서히 해진을 변하게 만들었다.

임미향이 윗옷을 벗자 진하영도 기다렸다는 듯이 옷을 벗었다.

"저도 벗을래요."

임미향과 진하영은 부영그룹의 회장인 해진이 그다지 여색을 밝히지 않는다는 것을 이미 해진의 술시중과 안마를 해주었던 여급을 통해 들었기에 전혀 거리낌 없이 행동했다.

하지만 두 여인은 해진이 자신들의 행동에 유혹을 당한다면 그것도 좋다고 생각했다.

단순히 술시중과 안마를 해준 것보다 더 큰 대가를 받을

수도 있다.

또한 운이 좋다면 여왕벌에서 여급생활을 하지 않고 해진의 시중만 들어주면서 풍족하게 사는 기회를 얻을 수도 있기 때문이었다.

두 여인이 옷을 벗자 해진은 오랜만에 마음이 크게 흔들렸다.

해진이 임미향을 보며 입을 열었다.

"술을 채우거라."

"네."

임미향이 뽀얀 속살이 드러난 상체를 틀어 다시 해진의 술잔에 술을 채웠다.

쪼르르르르.

잔에 술이 채워지는 것을 바라보는 해진이 중얼거렸다.

"훗, 아등바등하지 않아도 모든 게 내 뜻대로 되어 가는 것을……."

속삭이듯 혼잣말로 중얼거리는 해진의 눈빛이 번뜩이고 있었다.

해진은 두 여인이 자신의 앞에서 옷을 벗는 것을 보며 원하지 않아도 모든 것이 자신에게 오고 있다고 확신했다.

이제 아들 권휘가 김동하의 장인장모를 데려오면 김동하가 가진 천명의 권능을 자신의 것으로 만들 수 있을 것이고, 그러면 그토록 소원했던 자신만의 세상을 만들 수도 있을 것이다.

임미향이 자신의 얼굴 앞에 술잔을 내밀자 해진은 입만 내밀어 임미향이 건네는 술을 마셨다.

"크으~."

해진의 입에서 쓴 술기운을 뱉어내는 탄성이 흘렀다.

임미향이 산적 하나를 또 집어 해진의 입으로 가져갔다.

"회장님, 안주예요."

"흠, 쩝."

해진이 다시 입만 내밀어 임미향이 건네는 산적안주를 받아 씹기 시작했다.

말 그대로 여기가 아방궁이고 자신이 중국의 황제가 된 듯했기에 무척이나 흡족한 기분이었다.

그때였다.

똑똑―

해진의 귀를 거슬리게 만드는 노크소리가 문 쪽에서 들려왔다.

해진의 이마가 찌푸려졌다.

자신이 조용히 휴식을 취하고 있을 때는 누구도 건드리지 말라는 지시를 내렸다.

그랬음에도 이 시간에 노크를 해서 자신의 휴식을 방해한다는 생각에 언짢아진 것이다.

해진이 자신의 다리를 주무르고 있는 진하영을 바라보며

입을 열었다.

"바쁜 일이 아니면 방해하지 말라고 하거라."

"예."

막 진하영이 자리에서 일어서려는 순간 문 밖에서 약간 다급해 하는 목소리가 들려왔다.

"회장님, 저 권비섭니다. 문제가 생겼습니다."

방문 밖에서 들리는 목소리는 해진의 수행비서를 맡고 있는 권성진이라는 사내였다.

부영그룹 내부에서는 권실장이라는 직책으로 불리지만 권성진은 해진이 어떤 일을 하든 수족처럼 움직이는 그야말로 심복 중의 심복이라고 할 수 있는 사람이었다.

해진이 업무상 외출을 하거나 중요한 손님과 만날 때면 해진을 수행할 보좌진들이 선발하는 것도 권성진의 중요한 업무 중 하나였다.

그런 그가 해진의 조용한 휴식을 방해한 것이다.

해진이 눈을 치켜떴다.

권성진이 이 시간에 자신의 휴식을 방해하면서까지 찾아왔다는 사실에 무척 중요한 일이 발생했음을 직감했다.

해진이 임미향의 무릎에서 몸을 일으키며 임미향과 진하영을 바라보았다.

"문을 열어주어라."

임미향이 머리를 숙였다.

"네, 회장님."

상의를 벗은 탓에 민망한 속옷차림의 모습이었지만 임미향은 전혀 민망해 하거나 부끄러워하는 눈치가 아니었다.

해진의 지시에 임미향이 급하게 문으로 다가가서 문을 열었다.

해진의 방은 임미향과 진하영이 술시중을 들기 위해 들어오면서 해진의 지시로 잠금 버튼을 눌러둔 상태였다.

실수로라도 누군가의 방해로 자신의 휴식을 방해받지 않으려는 해진의 방 문이 열리면서 정장을 입은 권성진이 안으로 급하게 들어섰다.

권성진은 임미향과 진하영이 상의를 벗고 있는 것을 보았지만 전혀 눈길조차 주지 않았다.

그의 얼굴은 무척 당황한 듯 딱딱하게 굳어 있었다.

해진이 권성진을 보며 물었다.

"무슨 일이냐? 내가 쉬고 있는 것을 방해받는 걸 싫어한다는 것을 잘 알지 않나?"

권성진이 해진의 앞에 무릎을 꿇었다.

"큰일났습니다 회장님."

해진의 미간이 좁혀졌다.

"큰일? 무엇이 큰일인 것이냐?"

"그게……."

권성진이 잠시 말끝을 흐리다가 이내 빠르게 입을 열었다.

"아까 자정이 넘은 시간에 현재 외부에서 특수한 업무를 수행중인 운영4팀의 보고를 받고 사장님이 외출을 하신 것은 회장님도 아실 것입니다."

권성진의 말에 해진이 머리를 끄덕였다.

"알고 있어. 중요한 일을 처리하기 위해 늦은 시간에도 업무를 수행중이지."

해진은 운영4팀이 아들 권휘의 지시로 김동하의 장인장모의 위치를 파악 중이라는 것을 들어서 알고 있었다.

운영1팀의 미숙한 실수로 김동하의 처제를 죽인 것을 만회하기 위해 아들 권휘가 직접 움직였다는 것을 누구보다 잘 알고 있는 해진이었다.

권성진이 굳은 얼굴로 입을 열었다.

"근데 방금 운영4팀이 돌아왔는데 그게 좀 이상합니다. 운영4팀이 복귀를 하면서 누군가를 데리고 함께 복귀했는데, 상당히 심하게 다친 나이 먹은 두 명의 노인과 함께였습니다."

"노인?"

해진의 눈이 찌푸려졌다.

권성진이 머리를 끄덕였다.

"예. 그런데 운영4팀의 팀장말로는 그 노인 중 한 명이 아까 급하게 외출을 하신 사장님이라고 하더군요. 아무리 보아도 80살이 훨씬 넘은 노인이었는데 말입니다. 더구나 두 손이 거의 손을 쓸 수 없을 정도로 망가졌고 얼굴도 심하게 다친 상태였습니다."

순간 해진이 벌떡 일어섰다.

"그 운영4팀인가 하는 곳의 팀장 놈이 데려온 노인이 천사장이라고 했단 말인가?"

해진은 부영회의 시절부터 내부에서는 자신의 아들 권휘를 천사장이라는 호칭으로 부른다는 것을 알고 있었다.

자신의 공식직함이 회장이었으니 아들은 사장이라는 직책으로 부르는 것이다.

"예, 근데 복귀한 운영4팀의 팀장과 팀원들이 전부 좀 이상하게 보입니다."

"이상하다고?"

"예, 마치 귀신에 홀린 것처럼 모두가 넋이 빠진 것 같았습니다."

권성진의 보고를 받은 해진의 눈빛이 차갑게 가라앉았다.

조금 전에 술시중을 받으며 느긋해 하던 그의 모습은 삽시간에 차가운 얼음덩어리처럼 변했다.

해진이 권성진을 보며 물었다.

"그놈들 지금 어디에 있느냐?"

"20층 회의실에 모여 있습니다. 횡설수설 하는 것 때문에 아무래도 좀 조사를 해 보아야 할 것 같아서 회의실에

모아 두었습니다."

부영그룹에서 매입한 프로방스 호텔은 18층부터는 부영
회 시절부터 해진과 권휘를 따르는 심복들의 숙소로 제공
되어 있었다.

그 수가 모두 200명이 넘었기에 따로 숙소를 얻어주는
것도 번거로워 아예 호텔의 18층부터 최상층인 22층까지
부영회의 부하들이 이용하게 해준 것이다.

해진이 어금니를 깨물며 권성진을 바라보았다.

"천사장이라고 한 그 노인과 함께 운영4팀이라는 그놈
들을 당장 이리로 데려오도록 해."

해진의 지시에 권성진이 눈을 껌벅이며 해진을 바라보았
다.

"여기로 말입니까?"

"두 번 말하기 싫으니 당장 데려와."

"알겠습니다."

권성진이 머리를 숙이고 이내 몸을 일으켜 다시 방을 나
갔다.

해진의 눈빛이 차갑게 변하더니 무언가를 생각하는 듯
팔짱을 꼈다.

임미향과 진하영은 갑자기 달라진 해진의 모습을 보며
약간 어리둥절한 표정으로 서 있다가 조심스럽게 벗어둔
자신들의 옷을 다시 걸쳤다.

해진은 그녀들이 옷을 입는 것은 신경도 쓰지 않은 듯 무
언가를 골똘히 생각했다.

잠시 후.

똑똑—

문에서 다시 노크소리와 함께 권성진의 목소리가 들려왔
다.

"회장님, 권비섭니다."

권비서의 목소리가 끝나기도 전에 임미향이 재빨리 다시
문을 열어주고 한쪽으로 비켜섰다.

이내 열린 문으로 흠뻑 젖은 몰골의 사내들과 두 사내의
부축을 받고 힘겹게 서 있는 피투성이의 노인의 모습이 보
였다.

권성진이 입을 열었다.

"들어가."

권성진의 말에 사내들이 두려워하는 표정으로 천천히 해
진이 앉아 있는 방으로 들어섰다.

비에 젖어 입고 있는 옷에서 물이 뚝뚝 떨어지고 있었지
만 어쩔 수 없는 일이었다.

해진은 보료 위에서 양반다리를 하고 앉은 채로 방으로
들어서고 있는 사내들을 바라보았다.

해진의 눈빛이 흔들리고 있었다.

해진이 두 명의 사내에게 부축을 받고 있는 노인을 뚫어

260

지게 바라보고 있었다.

비서 권성진의 말대로 두 사내에게 부축을 받고 있는 노인은 두 팔이 쓸 수 없을 정도로 망가지고 턱뼈가 부서진 채 끊임없이 피를 흘리고 있었다.

당장이라도 병원에 데려가지 않는다면 얼마 살지도 못할 것처럼 위중해 보이는 모습이었다.

두 사내의 부축을 받고 눈을 감고 있는 노인은 김동하에게 단전이 파괴되어 무량기를 잃어버리고 천명까지 회수당한 권휘였다.

해진은 운영4팀의 팀장이 자신의 눈앞에 서 있는 노인을 권휘라고 했다는 말에 살펴보았지만 얼굴에 남아 있는 흉터 외에는 자신의 아들인 권휘라는 것을 인정할 만한 것이 없었다.

그중 가장 확실한 것은 언제나 자신의 아들인 권휘와 대면할 경우 자신의 몸에 남은 무량기가 권휘가 익힌 무량기에 의해 동조하는 현상이 일어났지만 지금은 전혀 그런 현상이 일어나지 않았다.

권휘라면 당연히 무량기의 기운을 느낄 수 있어야 했는데 말이다.

해진이 이맛살을 찌푸리며 방으로 들어선 운영4팀의 팀원들을 바라보았다.

"누가 팀장이냐?"

해진의 물음에 하얗게 질린 얼굴의 김영덕이 앞으로 나섰다.

"접니다. 회장님."

해진이 턱으로 권휘를 가리켰다.

"저 노인을 두고 천사장이라고 한 것이 자네인가?"

해진의 말에 김영덕이 몸을 떨었다.

"그, 그렇습니다. 회장님."

김영덕은 권휘도 무섭지만 그 무섭던 권휘도 두려워하는 사람이 바로 그룹의 회장이자 아버지인 해진이라는 것을 잘 알고 있었다.

해진이 머리를 흔들었다.

"저 노인이 어떻게 천사장이냐? 자넨 천사장의 얼굴도 모르는가?"

해진의 말에 김영덕이 창백한 얼굴로 대답했다.

"제가 어떻게 사장님의 얼굴을 모르겠습니까? 하지만 그곳에서 그 남자를 만나고 난 이후에 사장님이 저렇게 변하셨습니다."

"뭐?"

해진의 얼굴이 굳어졌다.

"그 남자라니? 누굴 말하는 것이냐?"

김영덕이 대답했다.

"그게 사장님께서 그자를 보며 천한 놈이라고 말했습니

262

다. 그리고 그자와 함께 세영대학병원의 그 한서영이라는 여자도 같이 있었습니다."

순간 해진의 눈이 찢어질 듯 부릅떠졌다.

"처, 천한 놈이라고 했나?"

"예. 제가 사장님과 그자가 나누는 대화를 모두 들었습니다. 그자가 회장님을 해진이라고 부르는 것도 들었습니다."

"이럴 수가……."

해진은 아들 권휘가 김동하를 만났다는 것에 충격을 받았는지 얼굴이 하얗게 질려갔다.

그제야 해진이 벌떡 일어섰다.

해진의 몸을 가리고 있던 나이트가운이 펄럭이며 속옷만 입은 해진의 몸이 드러났지만 전혀 의식하지 못했다.

해진이 눈을 감고 있는 권휘의 앞으로 다급하게 걸어갔다.

권휘를 부축하고 있던 두 사내에게 해진이 다급하게 입을 열었다.

"여, 여기에 눕히거라."

"예."

"예, 회장님."

두 사내가 피를 흘리며 부축을 받고 서 있던 권휘를 방바닥에 뉘었다.

서 있는 것만으로도 고통스런 통증을 느끼고 있던 권휘
로서는 바닥에 뉘어지는 순간 약간의 통증이 줄어드는 것
을 느끼는 표정을 지었다.

해진이 부릅뜬 눈으로 바닥에 누운 노인의 모습으로 변
한 아들 권휘의 얼굴을 훑어보았다.

그제야 해진은 늙어버린 권휘의 얼굴에서 아들의 흔적을
희미하게 알아볼 수가 있었다.

"이, 이게 어찌된 일이냐? 네가 왜 이렇게 된 것이냐?"

해진이 떨리는 손으로 권휘의 볼을 가볍게 만졌다.

순간 눈을 감고 있던 권휘가 흠칫하며 힘겹게 눈을 떴다.

턱이 부서진 탓에 쉴 새 없이 피를 흘리고 있는 권휘의 입
에서 다시 울컥 핏물이 쏟아져 내렸다.

그것을 본 임미향과 진하영이 뾰족하게 소리쳤다.

"엄마, 저걸 어떡해?"

"빨리 병원에 데려가야 하는데……."

두 명의 여인의 눈에는 권휘가 당장이라도 숨을 거둘 것
처럼 위독해 보였다.

해진이 여인들을 보며 다급하게 입을 열었다.

"욕실에 들어가서 피를 막을 것을 가져오너라."

"예."

"아, 알겠습니다."

두 여인이 욕실로 달려가자 해진이 다시 권휘의 얼굴을

가볍게 쓸었다.

"휘야. 나다 애비다, 날 알아보겠느냐?"

해진의 목소리가 가늘게 떨리고 있었다.

권휘는 희미해지는 눈을 껌벅이며 자신의 얼굴을 만지고
있는 아버지 해진을 바라보기 위해 눈에 힘을 주고 있었
다.

"아…버지. 쿨럭."

주르르륵—

또다시 한 움큼의 핏물이 권휘의 입을 통해 가슴으로 흘
러내렸다.

해진이 이를 악물었다.

"그래. 아비다. 어찌하여 이렇게 된 것이냐? 무량기는
어찌한 것이냐? 어째서 네 몸에 단 한 올의 무량기도 남지
않은 것이냐?"

권휘가 초점을 잡으려 눈을 몇 번이나 깜박이다가 힘겹
게 해진의 얼굴에 초점을 맞추었다.

권휘가 겨우 입을 열었다.

"도, 동하 그놈의 손에 단전이 부서졌습니다. 쿨럭."

해진의 눈이 커졌다.

"단전이 부서져?"

해진이 급하게 권휘의 맥을 짚고 다른 손은 해진의 아랫
배에 가져다 댔다.

순간 해진의 단전을 짚은 손이 움푹 들어가는 느낌이 들었다.

"끙."

해진의 양 미간에 혈관이 지렁이처럼 솟아올랐다.

권휘가 이제는 쓸 수 없이 망가진 두 손을 부들부들 떨면서 해진의 손을 잡으려 했다.

하지만 왼손은 아예 뼈가 가루가 되어 팔목까지 뭉개진 상태였고 오른손은 팔목 위에서 부러져 하얀 뼈가 피부를 뚫고 튀어나온 섬뜩한 상태였다.

그 손으로 아버지 해진의 손을 잡으려는 권휘의 모습은 무척이나 안타까워 보였다.

해진의 얼굴이 아귀처럼 일그러졌다.

해진이 권휘의 망가진 두 팔을 잡았다.

"왜 이렇게 된 것이냐? 그 천한 놈에게 당한 것이더냐?"

해진의 물음에 권휘가 힘겹게 해진을 바라보며 입을 열었다.

"그놈… 강합니다. 아버지. 예전의 그놈이 아니었습니다."

"강하다니?"

해진은 아들 권휘가 김동하를 강하다고 말하는 것이 언뜻 이해가 되지 않았다.

자신이 알고 있는 김동하는 자신의 손에서 살아남기 위

해 사형과 사제를 방패막이로 삼고 천공불진을 이용해 도망친 비겁하고 연약한 놈이었다.

그런 놈에게 아들 권휘가 당했다는 것이 이해가 되지 않았다.

더구나 자신에게 해동무를 전수받은 아들 권휘라면 자신보다는 못하겠지만 적어도 이곳 세상에서는 쉽게 누를 수있을 사람이 없을 정도로 강하다는 것을 누구보다 잘 아는해진이었다.

그런 권휘가 이렇게 망가졌다는 사실이 해진은 쉽게 납득이 되지 않았다.

권휘가 힘겹게 입을 열었다.

"그놈… 예전과 비교할 수가 없을 정도로 강해졌습니다. 제가… 그놈의 한수조차 제대로 받아 내지를 못할 정도였습니다. 아버지도 조심하셔야 할 겁니다."

"빠드득."

해진이 이를 갈았다.

그때 화장실에서 몇 개의 타월을 찾아낸 임미향과 진하영이 다급하게 해진과 권휘의 곁으로 다가왔다.

두 여인이 권휘의 상처에 타월을 가져다 대고 흘러나오는 피를 막았다.

삽시간에 권휘의 몸에서 흘러나온 피가 상처를 감은 타월을 시뻘겋게 물들였다.

해진은 자신보다 늙어버린 권휘를 바라보며 입을 열었다.

"네 모습이 왜 이렇게 변한 것이냐? 그놈의 손에 단전이 무너져 무량기를 잃어서 네 모습이 변한 것이더냐?"

권휘가 머리를 흔들었다.

"아닙니다. 그건 그놈의 천명이……."

순간 해진의 눈에서 시퍼런 안광이 흘러나왔다.

"천명!"

자신이 천공불진을 열고 이곳으로 와서 김동하를 찾은 것은 김동하의 몸에 깃든 천명을 자신의 것으로 만들기 위해서라는 것을 단 한 번도 잊은 적이 없는 해진이었다.

그때 옆에서 지켜보고 있던 김영덕이 끼어들었다.

"그자가 사장님의 머리에 손을 얹자 사장님이 변하기 시작했습니다. 그자의 무술실력이 너무 강해서 저희들로서는 그것을 막을 방법이 없었습니다."

김영덕의 말을 듣는 해진은 아무런 말도 하지 않았다.

다만 자신이 몰랐던 천명의 또 다른 권능이 있다는 것을 처음으로 알게 된 해진이었다.

해진이 어금니를 깨물었다.

"그놈은 어디에 있느냐?"

후우우우우우웅—

갑자기 해진의 몸 주변에서 엄청난 공기의 파동이 풍겨

나왔다.

김동하가 가진 천명의 권능에 대한 말을 듣게 되자 자신도 모르게 치솟는 지독한 욕심이 그를 자극한 것이다.

"웃."

"크윽."

해진의 주변에 있던 사람들이 자신도 모르게 몸을 움찔했다.

누워 있던 권휘의 입에서 약한 신음소리가 흘렀다.

해진은 갑작스런 충동에 의해 자신의 무량기가 극한까지 치솟는 것을 느끼며 들끓는 무량기를 눌러 기운을 갈무리했다.

하지만 그 무량기로 인해 거의 빈사상태로 보이던 권휘가 약간 정신을 차렸다.

단전이 무너진 권휘였지만 한동안 거의 한 몸과 같았던 무량기의 기운이 자신의 몸을 자극하자 저절로 몸이 반응했다.

권휘가 약간은 온전한 눈빛으로 돌아온 눈으로 해진을 올려다보았다.

"그놈과 정면으로 충돌하면 아버지도 당할 겁니다."

해진이 이를 악물었다.

"이 아비와 비견될 정도로 그놈이 강하다는 말이냐?"

권휘가 대답했다.

"강했습니다. 아버지와 비교한 적이 없어 우세를 가늠할 순 없지만 제가 그놈과 대면해보니 저로서는 감당하기 힘든 놈으로 변해 있었습니다. 그러니 절대로 정면으로 그놈과 대면해서는 안 됩니다."

"……."

해진은 아들 권휘의 얼굴에서 진심으로 김동하에 대해 두려움을 가지고 있다는 것을 직감했다.

그때 다시 김영덕이 끼어들었다.

"그자가 사장님을 이렇게 만들고 난 이후 회장님께 전하라고 한 말이 있습니다."

해진이 약간 놀란 시선으로 김영덕을 바라보았다.

"그게 무엇이냐?"

"조만간 회장님을 찾아올 것이니 기다리라고 전했습니다. 그리고 두 번 다시 자신의 주변을 건드리지 말라고도 했습니다."

해진의 표정이 굳어졌다.

"그놈이 날 찾아온다고? 쇠신이 닳도록 찾아다녀야 했던 그놈이 직접 자신의 발로 나를 찾아온다고 했단 말이냐?"

"예."

대답을 한 김영덕이 머리를 숙였다.

해진의 두 눈에서 시퍼런 안광이 쏟아지다가 이내 눈 속

깊숙이 가라앉았다.

"그놈이 제 발로 날 찾아온다고 했단 말이지?"

해진은 김동하가 스스로 자신을 찾아온다는 말을 했다고 하자 머릿속이 복잡해졌다.

예전에는 자신의 그림자만 보아도 도망을 치기 급했던 김동하가 이제는 제 발로 찾아온다는 것은 더 이상 자신을 두려워하지 않는다는 의미였다.

김동하의 몸에 깃든 천명의 권능을 자신의 것으로 만들기 위해서 수백 년의 시공을 뛰어 넘어 찾았던 자신이었다.

그런 자신을 더 이상 두려워하지 않는다는 것은 스스로 천명의 권능을 지킬 힘을 가졌다는 말과 같은 뜻이라는 것을 느꼈다.

"흠……."

해진이 팔짱을 끼며 무언가를 생각했다.

그때 해진의 비서인 권성진이 다급하게 입을 열었다.

"회, 회장님. 이렇게 아니라 서둘러 사장님을 병원으로 보내야 할 것 같습니다."

권성진의 말에 해진이 권휘를 내려다보았다.

권휘의 얼굴은 이제 납빛처럼 창백했다.

무량기가 사라진 이후 비를 맞아 한기가 그의 전신을 침범하고 있었고, 천명을 회수당해 예전처럼 스스로 지탱할

여력마저 힘들어진 상태였다.

해진이 머리를 끄덕였다.

"그렇게 해."

해진이 권휘를 바라보며 나직하게 입을 열었다.

"아비가 그놈에게서 천명을 넘겨받은 뒤에 네가 잃은 천명을 다시 돌려줄 것이니 걱정하지 말거라."

권휘가 머리를 끄덕였다.

"그렇게 믿겠습니다. 하지만 아까 말씀드린 대로 절대로 그놈과 정면으로 대면해서는 안 될 겁니다. 아버지가 강하다고 해도 그놈 역시 엄청나게 강한 놈이니까요. 정면으로 대응하지 않고 편법이나 수완을 사용하여 그놈에게 스스로 천명을 넘겨받는 수를 생각하셔야 할 겁니다."

권휘는 아버지 해진마저 김동하에게 당하게 되면 영원히 자신은 잃어버린 천명을 돌려받지 못한다고 생각했다.

그 때문에 100%의 확실한 수단을 이용해서 김동하 스스로가 아버지에게 천명을 넘겨주게 만들어야 한다는 생각이었다.

해진이 권휘의 얼굴을 바라보며 나직하게 입을 열었다.

"그건 아비가 알아서 할 테니 네 걱정이나 하거라. 가서 몸을 추스르고 기력이나 회복하도록 해."

해진의 말에 권휘가 물끄러미 해진의 얼굴을 올려다보았다.

해진이 머리를 들어 권성진을 향해 말없이 머리를 끄덕였다.

권성진이 같이 들어온 운영4팀의 팀원들을 보며 입을 열었다.

"사장님을 병원으로 모셔갈 것이니 사장님을 부축해라."

권성진의 말에 운영4팀의 팀원들이 바닥에 누운 권휘를 누운 채 들어올렸다.

이내 권성진과 함께 해진의 방으로 들어왔던 운영4팀의 팀원들이 방을 빠져나갔다.

수하들에게 들려서 방을 빠져나가는 아들 권휘의 모습을 지켜보고 있는 해진의 표정이 돌처럼 굳어졌다.

운영4팀의 팀원들이 방을 빠져나가고 마지막으로 팀장인 김영덕이 해진에게 이마를 숙이고 방을 나가려는 순간 해진이 김영덕을 불렀다.

"자넨 잠시 남게."

해진의 말에 김영덕이 흠칫 놀란 얼굴로 해진을 바라보았다.

하지만 이내 머리를 숙이고 해진의 앞으로 다가와 무릎을 꿇었다.

해진이 김영덕을 바라보며 눈을 깜박이다가 입을 열었다.

"천사장이 그놈의 손에 저렇게 당하는 과정을 전부 지켜 보았나?"

김영덕이 눈을 껌벅였다.

하지만 이내 자신이 옥상에서 지켜보았던 모든 것이 생생하게 머릿속에 떠올랐다.

김영덕이 해진의 얼굴을 바라보았다.

"빗속이긴 하지만 모두 보았습니다."

김영덕의 말에 해진이 자리에서 일어섰다.

자리에서 일어선 해진이 한쪽에 굳은 얼굴로 서 있는 임미향과 진하영을 보며 입을 열었다.

"술을 마실 것이니 이곳을 치우고 다시 술자리를 만들어라."

해진의 지시에 임미향과 진하영이 허겁지겁 어수선한 방안을 정리하기 시작했다.

해진이 무릎을 꿇은 김영덕을 내려다보며 입을 열었다.

"일어서서 따라오너라."

"예."

김영덕이 자리에서 일어섰다.

온몸이 비에 젖어 한기가 느껴지고 있었지만 그룹의 회장인 해진의 앞에만 서면 두려움과 주눅이 드는 것은 어쩔 수가 없었다.

그것은 자신이 직접 모시는 마귀 권휘와는 또 다른 느낌

이었다.

순식간에 방 안은 정리가 되었다.

두 여인은 생각보다 손이 빨라 어지럽던 방을 한순간에 정리하고 술상까지 새로 준비했다.

해진은 새로 만들어진 술상을 앞에 두고 보료 위에 정좌를 하고 앉았다.

두 여인이 술시중을 위해 해진의 옆에 좌우로 나누어 앉자 방의 분위기는 새롭게 바뀌었다.

술상을 마주한 자리에는 김영덕이 두려움에 찬 얼굴로 무릎을 꿇고 앉았다.

쪼르르르르르—

임미향이 해진의 새로운 잔에 술을 채웠다.

술이 채워지는 것을 말없이 지켜보고 있던 해진이 몇 분 동안 이어지던 침묵을 깨고 입을 열었다.

"그놈과 천사장이 만나는 과정과 나누었던 이야기를 처음부터 하나도 빼놓지 않고 말해 보거라. 행여 일부러 빼먹고 말하지 않는다면 네 처지가 곤란해질 것이니 속일 생각을 하지 않는 게 좋을 것이다."

해진의 차가운 눈빛에 김영덕이 몸을 굳혔다.

김영덕은 자신도 모르게 이마에 땀이 맺히는 것을 느끼며 입을 열었다.

"예, 회장님. 모두 말씀드리겠습니다."

김영덕은 자신이 겪은 일과 김동하와 권휘가 옥상에서 대면하던 상황까지 말 그대로 하나도 빼먹지 않고 털어놓기 시작했다. 김영덕이 말을 하는 동안 해진은 끼어드는 것도 없이 임미향이 권하는 술과 진하영이 권하는 안주를 먹으며 듣고만 있었다.

"그자가 갑자기 변한 것은 사장님이 두 명의 스님 이야기를 하는 것을 듣고 난 이후였습니다. 사장님이 두 스님을 해치고……."

김영덕은 권휘와 김동하가 나눈 이야기까지 자신이 들은 대로 그대로 설명했다.

한동안 이야기가 이어졌다. 이윽고 권휘가 김동하의 손에 의해 천명을 회수당하고 자신에게 회장인 해진에게 전하라는 말까지 하나도 남기지 않고 털어놓았다. 김영덕이 이마에 고인 땀방울을 손으로 훔쳐내며 입을 열었다.

"여기까지가 제가 옥상에서 보았던 사장님과 그자가 나눈 모든 것입니다."

해진이 아무 말도 하지 않고 자신의 앞에 놓인 술잔을 입으로 가져갔다. 술을 삼킨 해진이 잔을 내려놓자 옆자리에 앉은 진하영이 안주를 집어 해진에게 권했지만 해진은 머리를 돌리지 않았다.

해진이 임미향을 바라보며 입을 열었다.

"저자에게 잔을 내주거라."

"네."

임미향이 재빨리 김영덕의 앞에 잔을 놓고 술을 채웠다.

쪼르르르르르.

김영덕은 자신의 앞에 잔이 놓이고 술이 채워지는 것을 굳은 표정으로 바라보았다.

술이 채워지자 해진이 김영덕을 보며 입을 열었다.

"마시거라."

"예, 회장님."

김영덕이 잔을 들고 약간 몸을 비틀며 잔을 비웠다.

잔을 내려놓자 이번에는 진하영이 김영덕의 앞에 안주를 집어 내려놓았다. 해진이 다시 말했다.

"안주도 먹고……."

"예."

김영덕이 안주를 집는 동안 해진이 입을 열었다.

"그러니까 천사장이 그놈이 가진 권능을 자신에게 넘기라고 했단 말이지? 늙은 이 아버지보다 젊은 자신이 새로운 주인으로서 그것을 지킬 힘을 가졌다면서?"

김영덕이 머리를 숙였다.

"예. 분명히 그렇게 말했습니다."

김영덕의 말에 해진이 입술을 말아 올렸다.

"역시 그럴 줄 알았다. 그렇다고 해도 달라질 것은 없지만."

해진은 아들 권휘가 자신과 같은 욕심을 가지고 있다는
것을 진작부터 알고 있었다.

하지만 그렇다고 해도 해진은 그다지 경계하지 않았다.

아들 권휘가 김동하에게 천명의 권능을 넘겨받는다 해도
언제든 아들의 몸에서 그것을 뺏을 힘이 자신에게 있다고
생각했기 때문이다.

단지 그 주인이 잠시 아들이었다가 자신으로 바뀔 뿐이
라고 생각했다.

김영덕은 해진이 불같이 화를 낼 줄 알았지만 화를 내지
않는 것에 더욱 두려움을 느끼고 있었다.

해진이 김영덕을 보며 다시 물었다.

"네가 보기에 그놈의 능력은 어느 정도였느냐? 천사장
이 당할 정도라면 상당하다는 것은 알겠지만 그래도 네놈
이 직접 보았으니 어느 정도인지 말해 보거라."

김영덕이 잠시 주춤하다가 다시 입을 열었다.

"그자의 능력은 상상 이상이었습니다."

김영덕은 한종섭 회장과 부인 이은숙을 납치하기 위해
밀고 들어갔던 아파트에서 벌어진 일과 옥상에서 벌어진
일들을 손짓과 몸짓을 섞어가며 설명했다.

듣고 있던 해진의 얼굴이 점차 굳어졌다.

김영덕의 이마에 다시 땀방울이 솟아올랐다.

"그자가 팀원들을 양 옆구리에 끼고 옥상으로 날아오를

때는 죽는 줄 알았습니다. 너무 쉽게 날아서 올라갔으니까
요."

"……."

해진은 아무 말 없이 김영덕의 말을 듣기만 했다.

김영덕은 자신이 본 김동하의 엄청난 능력을 가감 없이
설명했다.

이내 김영덕의 설명이 끝이 났다. 그때였다.

파스스스스스.

해진의 손에 들려 있던 투명한 술잔이 그대로 밀가루처
럼 부서져 술상 위로 떨어져 내렸다.

밀로 밀가루를 빻아도 이처럼 가루가 되어 부서지지 않
을 정도로 마치 먼지처럼 술상 위로 떨어져 내리는 술잔이
었다.

"어머."

"꺄."

두 여급이 놀란 얼굴로 몸을 떨었다.

김영덕 역시 놀란 얼굴로 해진의 앞에 하얗게 쌓인 가루
가 되어버린 술잔의 잔해를 바라보았다.

그와 동시에 해진의 오른손이 천천히 올려졌다.

마치 사과를 들고 올리는 것처럼 둥글게 말린 해진의 손
위에는 담배연기를 내뿜은 연기를 뭉쳐놓은 것처럼 하얀
기체가 넘실거리고 있었다.

후우우우우우웅.

뭉쳐진 하얀 기체는 해진의 손 밖으로 달아나 흩어지려는 듯 사방으로 불규칙하게 넘실거렸다.

해진이 자신의 손에 들린 하얀 기체를 술상 위에 놓인 마개를 열지 않은 새로운 술병을 향해 튕겼다.

순간 지켜보는 사람의 심장이 튀어나올 것 같은 현상이 벌어졌다.

쩌저적—

파지직—

새로운 술병의 겉면이 하얗게 변하며 삽시간에 술병이 터져 나갔다.

동시에 술병 속에 들어 있던 술이 하얀 얼음으로 변해 남은 술병의 잔해 속에 우뚝 서 있는 것이 보였다.

한순간에 멀쩡한 술병의 술이 얼음덩이가 되어 버린 것이다.

"엄마."

"세상에……."

두 여급이 입을 벌리며 하얗게 질린 얼굴로 술상 위의 얼음덩이 술을 바라보았다.

김영덕 역시 놀란 얼굴로 입을 벌렸다.

해진이 김영덕을 보며 입을 열었다.

"이런 힘이라면 그놈과 대적할 만하겠느냐?"

김영덕이 몸을 떨며 입을 열었다.

"회, 회장님이시라면 그자가 힘을 쓸 수 없을 것입니다."

김영덕은 김동하가 가공할 능력을 가지고 있다는 것을 보았지만 이런 말도 안 되는 엄청난 능력이 있다는 생각은 들지 않았다.

해진이 이를 악물었다.

"그놈이 달라졌다고 해도 결과는 달라지지 않을 것이다. 그놈이 변했다면 나 역시 변했으니 말이다."

스스로에게 하는 말이지만 그것은 마치 자신의 옆에서 술시중을 드는 두 여급과 김영덕에게 각인을 시키는 것처럼 느껴졌다.

해진의 술시중을 들고 있던 두 여급은 너무나 확연하게 달라진 해진의 모습에 몸을 떨었다.

해진이 김영덕을 보며 입을 열었다.

"날이 밝으면 인천의 박회장에게 찾아가거라."

해진의 말에 김영덕의 얼굴이 굳어졌다.

인천의 박회장이 누군지 잘 알고 있는 김영덕이었다.

"태명그룹의 박기출 회장을 찾아가라는 말씀이십니까?"

"그래."

해진이 머리를 끄덕였다.

김영덕이 굳은 얼굴로 해진의 얼굴을 바라보았다.

박기출 회장은 자신이 한때 곰치라는 별명으로 불렸던 태명회 연수구 지부장 시절에 보스로 모시던 사람이었다.

그런 박기출 회장의 태명회를 떠나 새로운 부영회의 식구가 되었으니 박기출 회장에게 자신은 조직을 배신한 배신자와 같은 입장이었다.

그런 자신에게 스스로 박기출 회장을 찾아가라는 해진의 말은 부담스런 지시였다.

하지만 그렇다고 거절할 수도 없는 일이었다.

해진의 지시를 거절하면 술상 위에 놓인 얼음술이 자신의 몸이 될 수도 있기 때문이었다.

해진이 김영덕을 바라보며 입을 열었다.

"박회장에게 유한호텔의 지분 절반을 다시 돌려줄 테니 박회장의 모든 식구를 모아 수단과 방법을 가리지 말고 그놈의 장인과 장모 그리고 딸을 나에게 데려오라고 하거라."

유한호텔은 부평에 위치한 유한컨티넨털 호텔을 말했다. 예전에 부산의 동일수산의 일로 마찰을 빚은 박기출 회장과 담판을 지어 돈 한 푼 들이지 않고 부영그룹이 넘겨받은 호텔이다.

억울하게 강탈당하듯 뺏긴 유한컨티넨털 호텔로 인해 속앓이를 하고 있는 박기출 회장에겐 그것의 지분을 절반이

나 돌려준다는 것은 상당한 호조건이 분명했다.

해진의 말에 김영덕이 눈을 껌벅였다.

"그, 그자의 장인과 장모 그리고 자식들까지 몽땅 말입니까?"

"그래, 이쪽 서울과 인천지역에 박회장의 영향력이 상당하다는 말은 나도 들었다. 그놈이 날 찾아오기까지 기다리기는 너무 지루해. 그놈이 서둘러 날 찾아오게 만들어야겠다."

해진의 목소리는 담담했다.

김영덕이 굳은 얼굴로 머리를 숙였다.

"알겠습니다."

"날이 밝는 즉시 인천으로 가서 박회장을 만나 내 이야기를 전하고 확답을 받아오너라. 행여 박회장이 거절한다면 후회하게 될 것이라고 전하고. 그렇게 되면 태명그룹을 건드리는 시기가 빨라지게 되겠지. 어쩌면 박회장도 그것을 알고 있을 것이다."

"예, 회장님."

김영덕은 해진이 마음만 먹는다면 인천의 태명회를 단번에 가루로 만들 능력이 있다는 것을 알고 있었다.

하지만 그렇게 하지 않는 것은 부영그룹이 자연스럽게 태명그룹을 흡수할 수 있는 기회를 기다리기 때문이라는 것도 알고 있었다.

부영그룹 내부에서는 이미 조만간 인천의 태명그룹을 부영그룹에서 인수합병할 것이라는 내부 소문이 돌고 있는 상황이었다.

그것은 인천의 박기출 회장도 알고 있었고 인천과 서울 지역의 큰손들 사이에서는 은밀하게 나돌고 있는 소문이기도 했다.

인천의 박기출 회장이 부영그룹의 천종모 회장을 상전 모시듯 한다는 소문과 함께 천회장을 두려워한다는 소문까지 나돌고 있는 상황이었다.

또한 그것을 증명하듯 일부 지역신문에서는 천종모 회장과 박기출 회장이 회동하는 장면이 사진으로 노출되기도 했다. 사진 상으로 박기출 회장이 천종모 회장에게 굽실거리는 장면이 노출되었으니 박기출로서는 해진이 두렵고 부담스러울 것이 분명했다.

그런 그가 해진의 부탁을 거절하는 것은 엄청난 부담을 함께 떠안는 셈이었다.

김영덕은 자신에게 그런 지시를 내린 해진이 더욱 두렵게만 느껴졌다. 김영덕에게 지시를 내린 해진이 다시 술을 채워서 마시기 시작했다.

이미 새벽이 오고 있었기에 이제는 잠들 시기도 늦어서 차라리 이렇게 술을 마시면서 새로운 날을 기다리기로 결정한 해진이었다. 해진이 얼려놓은 얼음술이 방안의 후끈

한 열기에 의해 빠르게 녹기 시작하면서 두 여급은 젖어가
는 술상을 닦고 얼려진 술을 치우느라 분주해졌다.

그 때문에 해진의 술시중은 이제 김영덕이 차지하게 되
었다. 해진의 방에 걸린 시계가 새벽 5시를 막 지나고 있
었다.

＊　＊　＊

위이이이이이이잉.

거대한 비행기의 기체가 천천히 아래로 내려오면서 공항
의 활주로에 닿았다.

순간 타이어의 마찰음과 함께 하얀 연기가 피어올랐다.

끼이이이이이.

희미하게 밝아오는 새벽의 공항은 억수처럼 퍼붓던 가을
비 대신 부슬부슬 내리는 가랑비로 바뀌어 있었다.

비행기가 착륙하는 순간 좌석에 등을 기대고 눈을 감고
있던 금발의 사내가 눈을 떴다.

옆 좌석에는 150kg이 넘을 것 같은 거구의 흑인사내가
낮게 코를 골며 잠이 들어 있었다.

그 모습을 본 금발의 사내가 혀를 찼다.

"헤이 빌, 일어나. 도착했어."

금발의 사내가 거구의 흑인사내를 건드리자 흑인사내가

실눈을 뜨며 몸을 움직였다.

끼익—

흑인사내가 앉아 있던 의자가 무게를 견디기 힘든 듯 비명을 지르는 느낌으로 삐걱거렸다.

빌이라 불린 사내가 몸을 일으켜 창밖을 바라보았다.

"도착한 거야?"

"응."

금발의 사내가 대답하자 흑인사내가 완전히 몸을 일으켰다.

한눈에 보아도 마치 프로레슬러처럼 우악스런 몸집을 가진 거구의 사내였다.

거구의 흑인사내가 희미하게 밝아져 오는 인천공항의 활주로가 빠르게 스쳐가는 것을 바라보았다.

그가 혼잣말로 중얼거렸다.

"여기에 100억불짜리 타깃이 있다는 말이지? 흐흐."

검은 피부의 사내가 흰 이를 드러내며 웃었다.

이를 드러내며 웃는 사내의 눈이 번들거리는 것이 마치 도살자의 눈빛을 보는 것처럼 섬뜩했다.

금발의 사내가 돌아보면서 싱긋 웃었다.

"매리와 헨리 그리고 에르난데스와 쿠차는 아마 지금쯤 땅을 치며 후회하고 있을 거야. 하하."

금발의 사내 말에 흑인사내가 싱긋 웃었다.

"우리 말고 8개의 팀에 오더를 내린 중국 놈들 탓이야. 경쟁을 붙이려는 그놈들이 미친놈들이지."

말을 하는 흑인사내의 눈빛이 너무나 재미있는 상황이라는 듯 웃음기를 잔뜩 머금고 있었다.

〈다음 권에 계속〉

어울림 **BOOKS**
신인 작가 대모집!

어울림 출판사는 무한한 상상력과 뜨거운 열정을 가진 작가 여러분을 기다리고 있습니다.
창작에 대한 열의가 위대한 작품으로 꽃피울 수 있도록 저희 어울림 출판사가 여러분의 힘이 돼 드리겠습니다.

지금 도전하십시오!

모집 분야 : 판타지, 역사, 무협, 로맨스 등
모집 대상 : 아마추어, 인터넷 작가등 열정을 가진 모든 작가
모집 기한 : 수시 모집
작품 접수 방법 : 당사 네이버 카페 또는 이메일을 이용해 주십시오.

파일 형식은 제한이 없으나 원활한 원고 검토를 위해 '.HWP' 형식으로 보내주시고, 파일에 연락처도 함께 기재해주시면 됩니다.

채택된 작품은 정식 계약을 통해 출판물로 간행됩니다.
간행된 출판물은 당사의 유통망을 이용하여 전국 서점으로 배포됩니다.
※ 문의 사항은 네이버 카페(http://cafe.naver.com/oulim0120)를 이용하시기 바랍니다.

경기도 고양시 일산동구 장항동 43-55 성우사카르타워 801호
어울림 출판사 신인 작가 담당자 앞
전화 031) 919-0122 / **E-mail** 5ullim@daum.net